LA MOISSON

BUFFY CONTRE LES VAMPIRES
AU FLEUVE NOIR

1. *La Moisson*
   Richie Tankersley Cusick
2. *La pluie d'Halloween*
   Christopher Golden et Nancy Holder
3. *La Lune des Coyotes*
   John Vornholt
4. *Répétition Mortelle*
   Arthur Byron Cover
5. *La Piste des Guerriers*
   Christopher Golden et Nancy Holder
6. *Les Chroniques d'Angel I*
   Nancy Holder
7. *Les Chroniques d'Angel II* (janvier 2000)
   par Richie Tankersley Cusick
8. *La Chasse Sauvage* (mars 2000)
   par Christopher Golden et Nancy Holder
9. *Les Métamorphoses d'Alex I* (mai 2000)
   par Keith R.A. DeCandido
10. *Retour au Chaos* (juin 2000)
    par Craig Shaw Gardner
11. *Danse de Mort* (septembre 2000)
    par Laura Anne Gilman et Josepha Sherman
12. *Loin de Sunnydale* (novembre 2000)
    par Christopher Golden et Nancy Holder

LA MOISSON
par

RICHIE TANKERSLEY CUSICK

Une novélisation basée sur la série créée par Joss Whedon.

FLEUVE NOIR

Titre original :
The Harvest
Traduit de l'américain par
Isabelle Troin

Collection dirigée par
Patrice Duvic et Jacques Goimard

Le Code de la propriété intellectuelle n'autorisant, aux termes de l'article L. 122-5, 2 et 3 a), d'une part, que « les copies ou reproductions strictement réservées à l'usage privé du copiste et non destinées à une utilisation collective » et, d'autre part, que les analyses et les courtes citations dans un but d'exemple ou d'illustration, « toute représentation ou reproduction intégrale ou partielle, faite sans le consentement de l'auteur ou de ses ayants droit ou ayants cause, est illicite » (art. L.122-4).
Cette représentation ou reproduction, par quelque procédé que ce soit, constituerait donc une contrefaçon sanctionnée par les articles L.335-2 et suivants du Code de la propriété intellectuelle.

© ™ et © 1997 by Twentieth Century Fox Film Corporation. All rights reserved.
© 1999 by Le Fleuve Noir pour la traduction en langue française.
ISBN : 2-265-06790-3

Virginie, 1866 : Les nombreuses disparitions de veuves de la guerre de Sécession bouleversent une population déjà traumatisée. Le drame cesse quand Lucy Handover arrive en ville...

Chicago, mai 1927 : Quarante et un corps sont découverts près d'Union Station. Peu après l'installation en ville d'une certaine jeune femme, l'hécatombe est arrêtée...

Pour chaque génération, il n'y a qu'une Tueuse !
Aujourd'hui, tout recommence...

PROLOGUE

La nuit, le lycée de Sunnydale avait l'air différent.

Il semblait presque effrayant.

Les cours étaient terminés depuis plusieurs heures ; un silence étrange enveloppait les bâtiments déserts dont la silhouette se découpait au clair de lune. Des ombres s'accrochaient aux cages d'escaliers ; des pièces à la porte ouverte béaient sur les couloirs comme autant de grottes abandonnées.

Lorsqu'une fenêtre se brisa soudain à l'intérieur d'une salle, l'écho resta suspendu dans l'air pendant une éternité. Puis une main se glissa entre les échardes, déverrouilla le panneau et le fit glisser vers le haut.

— Tu es sûr que c'est une bonne idée ?

La fille qui venait de parler regarda nerveusement autour d'elle pendant que son compagnon escaladait le rebord de la fenêtre et lui tendait la main pour l'aider à grimper.

— Evidemment ! s'exclama-t-il. Viens !

Ils traversèrent la salle de classe et sortirent dans le couloir, qui était encore plus sombre. La fille esquissa un sourire.

— C'est ton bahut ?

— C'était, corrigea son ami. Depuis le toit du gymnase, on a une vue sensationnelle sur la ville.

— Je ne veux pas monter là-haut, protesta la fille.

Le garçon se pressa contre elle.

— Tu ne peux pas attendre, c'est ça ? chuchota-t-il d'une voix rauque.

— On va avoir des ennuis, gémit la fille.

Mais il ne se découragea pas.

— T'inquiète : je suis là pour te protéger.

Quand il l'embrassa, il sentit qu'elle se raidissait et s'écartait de lui. Une grimace déforma ses traits.

— Qu'est-ce que c'était ?

— Quoi ? demanda le garçon, impatient.

— J'ai entendu un bruit.

— Mais non...

— Il a bien fallu que *quelque chose* le produise, insista la fille.

— Peut-être *La Chose*, répliqua son compagnon.

— Ce n'est pas drôle !

A contrecœur, il jeta un coup d'œil alentour. Le couloir était toujours aussi obscur et désert ; pourtant, les ombres semblaient s'être épaissies, comme si elles voulaient se refermer autour des deux jeunes gens pendant qu'ils ne faisaient pas attention. Le garçon sentit son amie se rapprocher de lui.

— Y a quelqu'un ? appela-t-il.
Silence.
— Tu vois bien, nous sommes seuls, dit-il en se retournant vers la fille.
Elle avait toujours l'air effrayé.
— Tu es sûr ?
— Certain.
— Parfait, murmura-t-elle.
Puis elle ouvrit la bouche, découvrant des crocs qu'elle planta dans le cou du garçon.

CHAPITRE PREMIER

Buffy était perdue.

Elle errait dans un endroit qu'elle ne connaissait pas et n'avait envie de connaître.

Une grotte souterraine, peut-être, ou l'antre de quelque horrible monstre, noir, humide, oublié et exhalant une odeur de pourriture. Troublée et inquiète, elle continua à avancer dans la pénombre, essayant de comprendre où elle était et de trouver une sortie au plus vite.

Une petite partie de son cerveau savait qu'elle rêvait ; pourtant, une autre l'avertissait que cet endroit était beaucoup trop réel.

Des images se jetèrent sur elle puis s'évanouirent presque aussitôt, laissant dans leur sillage un vague souvenir. Elle vit des chandelles vaciller au-dessus d'un bassin écarlate... des doigts crochus entourés de flammes... des silhouettes de monstres et l'éclat argenté d'une croix.

Un rire démoniaque se répercuta entre des pierres tombales fêlées : des créatures sans visage la traquaient... Puis elle vit clairement la couverture d'un très vieil ouvrage relié de cuir où se détachait le mot VAMPYR.

De très loin, elle se sentit remuer dans son lit, se débattant entre les draps alors que le rêve l'entraînait de plus en plus profondément dans ses replis. Sans crier gare, une ombre maléfique, noire comme la mort, se dressa derrière elle, poussant un rugissement dont l'écho se répercuta dans ses tempes.

— Je serai ton cancer... Je m'emparerai de ton corps et je le rongerai de l'intérieur.

Buffy ouvrit brusquement les yeux.

Malgré la lumière matinale, elle sentait encore son cauchemar la menacer, tapi dans son cerveau.

Aveuglée par les premiers rayons du soleil qui pénétraient à flots dans sa chambre, la jeune fille s'assit dans son lit en clignant des paupières. Elle était réveillée à présent ; elle ne courait plus aucun danger.

En sécurité dans sa maison, elle avait retrouvé la réalité...

— Buffy ?
— Oui, maman.
— Il est l'heure de te lever ! Tu ne dois pas être en retard pour ton premier jour au lycée !
— Dieu m'en garde, grommela la jeune fille.

Elle se reprocha intérieurement sa mauvaise volonté, balayant du regard les murs encore nus et les cartons empilés dans un coin de la pièce.

Poussant un soupir, elle chassa de son esprit les derniers lambeaux du cauchemar et se leva pour affronter la journée à venir.

*
* *

— Je suis sûre que tu vas beaucoup t'amuser, déclara Joyce Summers en regardant Buffy sortir de la voiture. Tu te feras plein de nouveaux amis. Sois un peu optimiste. Et surtout... (Elle marqua une pause.) Tâche de ne pas te faire virer.

— Promis.

Pendant que sa mère s'éloignait, Buffy resta immobile quelques instants pour évaluer la situation. Ce matin-là, le temps était typique du sud de la Californie ; de petits groupes d'étudiants en train de bavarder ou de rire aux éclats franchissaient d'un pas nonchalant les grilles du lycée Sunnydale.

Bon... Finissons-en une fois pour toutes.

Buffy poussa un soupir et se mit en chemin. Perdue dans ses pensées, elle ne remarqua pas le séduisant jeune homme perché sur son skateboard qui slalomait entre les autres élèves.

— Attention.... Laissez passer, claironna Alex en agitant les bras pour garder l'équilibre. Je ne sais pas encore très bien m'arrêter.

Très grand, il avait les cheveux noirs et arborait un air d'indifférence étudiée.

Alors qu'il se dirigeait vers l'entrée du lycée, il aperçut une fille qu'il ne connaissait pas.

Elle était petite et mince, avec des cheveux blond foncé et de grands yeux bleus ; son visage avait cette forme de cœur à laquelle il ne pouvait résister. Elle portait des bottes et une jupe vraiment très courte. Passant près d'elle, Alex se tordit le cou pour mieux voir ses jambes... et oublia de regarder où il allait.

A la dernière seconde, il réussit à éviter les escaliers, mais il dut plonger sous la rambarde et atterrit en boule sur le trottoir. Alors qu'une silhouette familière se précipitait vers lui pour l'aider à se relever, il lui fit un sourire charmeur.

— Willow ! s'exclama-t-il, pas gêné le moins du monde par sa chute spectaculaire. C'est justement toi que je voulais voir !

— Vraiment ? demanda la jeune fille, pleine d'espoir.

D'après les critères de Sunnydale, elle était ordinaire et ennuyeuse. Pour commencer, elle avait toujours le nez dans un bouquin. Et on chuchotait que sa mère choisissait ses vêtements.

Pourtant, une vive intelligence brillait dans les yeux bruns de Willow, et son sourire avait une douceur poignante, qui se fit radieuse tandis qu'Alex s'approchait d'elle.

Fidèle à son habitude, le jeune homme ne sembla pas le remarquer.

— Absolument, confirma-t-il. J'ai un problème avec les maths.

Willow s'efforça de masquer sa déception.

— Quel chapitre ?

— Tous. Tu ne voudrais pas me faire bosser ce soir ? S'il te plaît... Tu pourrais être ma préceptrice.

— J'y gagnerai quoi ? s'enquit joyeusement la jeune fille.

— Je dois avoir une pièce d'un dollar au fond de la poche...

— Tu es trop généreux ! As-tu lu les *Théories Trigonométriques* ? Tu devrais emprunter ce livre.

Alex fronça les sourcils.

— L'emprunter ?

— Ben oui, à la bibliothèque... Tu sais, cet endroit où on fait pousser les livres.

— Oh ! Je vois, grogna Alex. Mais je veux vraiment m'améliorer. Je te promets d'être un élève studieux.

Alors qu'ils pénétraient dans l'établissement et se frayaient un chemin parmi la foule des élèves, leur ami Jesse s'approcha d'eux.

— Salut, dit-il en leur faisant un signe de tête.

— Salut, répondit Alex en lui flanquant une tape dans le dos. Quoi de neuf ?

Jesse n'hésita pas.

— Une nouvelle !

— Exact. Je viens de la voir. Plutôt canon, hein ? fit Alex avec un clin d'œil.

— Quelqu'un m'a dit qu'on l'avait transférée ici, expliqua Willow.

— Vas-y, raconte, pressa Alex.

— Raconte quoi ? demanda Jesse.

Il était grand et costaud, avec des cheveux très courts et d'épais sourcils. Ce n'était pas un des types les plus en vue du lycée...

— Pourquoi est-elle ici ? Comment s'appelle-t-elle ? interrogea Alex en levant les yeux au ciel.

Jesse haussa les épaules.

— La nouvelle.

Alex soupira.

— Décidément, mon pauvre vieux, tu ne me sers pas à grand-chose.

*
* *

Assise dans le bureau du principal, Buffy faisait face à M. Flutie. C'était un homme d'âge mûr plutôt ventripotent qui semblait assez imbu de lui-même. Il sortit son dossier, le feuilleta brièvement et leva la tête vers elle.

— Buffy Summers, récita-t-il. Classe de seconde, transférée du lycée Emery à Los Angeles. Vous semblez traîner derrière vous une longue liste de crimes...

Avant que Buffy puisse répondre, il sourit et, sans le lire, déchira en quatre le rapport de son homologue d'Emery.

— Bienvenue à Sunnydale, dit-il cordialement. Ici, nous vous offrons une chance de repartir de zéro. Le passé est le passé ; je ne m'intéresse pas à ce qu'un bout de papier peut raconter sur vous, même si...

Son regard se posa sur un morceau du rapport, et il écarquilla les yeux.

— Ouah ! Euh... (Il se reprit.) Où en étais-je ? Ah oui. A Sunnydale, nous ne voulons pas seulement de bons étudiants ; nous tentons de produire des jeunes gens équilibrés...

Il arrangea les morceaux du rapport devant lui à la manière d'un puzzle.

— D'autres proviseurs pourraient se braquer sur l'incroyable déclin de votre moyenne, continua-t-il. Moi, je m'efforce de comprendre l'être humain dont la moyenne décline incroyablement. D'autres proviseurs pourraient s'inquiéter à cause de toutes les bagarres auxquelles vous avez participé...

— Monsieur Flutie, coupa Buffy.

— Les élèves de Sunnydale peuvent m'appeler Bob.

— Bob...

— Mais ils ne le font jamais.

Le proviseur ouvrit un tiroir et en sortit un rouleau de scotch avec lequel il reconstitua le rapport.

— Monsieur Flutie. Je sais que j'ai des antécédents quelque peu... inhabituels, mais...

— Ne vous en faites pas pour ça. Cela dit, « inhabituels » me semble un doux pléonasme. « Catastrophiques » serait plus approprié.

— Je n'ai rien fait de si terrible, protesta Buffy.

M. Flutie la dévisagea.

— Vous avez tout de même mis le feu au gymnase d'Emery.

La jeune fille frémit à ce souvenir.

— C'est vrai, mais je n'avais pas le choix. Il était plein de vampi... (Elle se tut abruptement.) Considérez que c'est un moindre mal, résuma-t-elle.

— Buffy... Dans un autre lycée, on vous dirait sans doute : « J'espère que vous filerez droit », ou : « Je vous tiendrai à l'œil », ou encore : « Si vous approchez à moins de cent mètres du gymnase avec une boîte d'allumettes dans la poche, vous achèverez votre croissance dans une maison de correction. »

« Mais ça ne se passe pas comme ça ici. Nous souhaitons satisfaire vos désirs et vous aider à respecter les nôtres. Si les deux ne correspondent pas...

Avec un sourire, il glissa le rapport rapiécé dans le dossier de Buffy, qu'il referma violemment du plat de la main. La jeune fille sursauta et se mordit la lèvre.

En sortant du bureau de M. Flutie, elle se sentait déprimée. Elle s'arrêta au milieu du couloir pour chercher son emploi du temps, mais un étudiant distrait la bouscula. Elle lâcha son sac, dont le contenu se répandit sur le sol.

La jeune fille s'agenouilla pour ramasser ses affaires sous le regard intrigué d'Alex, qui avait assisté à l'incident. Bien qu'elle ne l'ait pas remarqué, le garçon s'approcha de Buffy pour lui prêter main-forte.

— Puis-je t'inviter... Je veux dire, puis-je t'aider ? corrigea Alex.

— Volontiers, merci.

Il rassembla les cahiers et les stylos, puis les lui tendit.

— Je ne crois pas qu'on se connaisse.

— Je suis nouvelle à Sunnydale. Je m'appelle Buffy.

— Moi, c'est Alex. Salut.

— Merci pour le coup de main.

— On se reverra sûrement. Au moins ici, puisqu'on y suit des cours tous les deux, précisa le jeune homme.

— Super. Ravie de t'avoir rencontré, déclara distraitement Buffy.

Elle fourra ses affaires dans son sac et s'éloigna à grands pas.

— « Au moins ici, puisqu'on y suit des cours tous les deux », marmonna Alex en secouant la tête. Difficile de faire plus pathétique.

Puis il remarqua un objet qui avait roulé sous un casier. Sans réfléchir, il se baissa pour le ramasser.

— Hé, Buffy ! appela-t-il. Tu as oublié ton...

Il baissa les yeux vers le morceau de bois qu'il tenait.

— Ton pieu, acheva-t-il, incrédule.

Mais la jeune fille était déjà trop loin pour l'entendre.

CHAPITRE II

Assise au fond de la salle de cours, Buffy prenait des notes en s'efforçant de ne pas perdre le fil, mais la voix monotone et le débit de mitrailleuse de son professeur d'histoire ne l'y aidaient guère.

— On estime que vingt-cinq millions de gens sont morts en l'espace de quatre ans. Le plus curieux, c'est que la Peste Noire est originaire d'Europe, où les généraux se servaient d'elle comme d'une arme biologique primitive.

« Elle est d'abord apparue en Asie, où l'armée kipchak catapultait des cadavres infestés dans les avant-postes génois. Très ingénieux, n'est-ce pas ? Si vous observez la carte de la page soixante-trois, vous verrez de quelle façon elle s'est répandue...

Les autres élèves ouvrirent leur manuel. Buffy n'en avait pas encore ; alors qu'elle jetait un regard à la ronde, la fille du pupitre voisin se pencha vers elle. Elle était grande et dotée d'une sorte de beauté exotique. Visiblement pleine d'assurance, elle portait un pantalon moulant et une chemise transparente ; tous les garçons devaient se retourner sur son passage.

— Tiens, dit-elle en poussant son livre vers Buffy, pour que celle-ci puisse suivre.

— Merci, sourit Buffy.

— Qui peut me dire quels changements sociaux a entraînés cette épidémie ravageuse ? interrogea le professeur.

Buffy crut que le cours n'en finirait jamais. Quand la cloche sonna, sa voisine put enfin se présenter.

— Je m'appelle Cordélia.

— Et moi, Buffy.

— Si tu as besoin d'un manuel, ils doivent en avoir à la bibliothèque.

— Super. Où se trouve-t-elle ?

— Je vais te montrer.

Les deux filles sortirent dans le couloir plein d'étudiants. Cordélia jeta à Buffy un regard chargé de curiosité.

— On t'a transférée d'Emery à Los Angeles, pas vrai ?

— Oui.

— Quelle chance, soupira Cordélia. Je tuerais pour vivre à L.A. Une ville où il y a cinq magasins de chaussures aux cent mètres carrés... Pourquoi es-tu venue ici ?

— Parce que ma mère voulait déménager. Elle ne m'a pas demandé mon avis, dit Buffy.

— Tu devrais te plaire à Sunnydale, la rassura Cordélia. Si tu traînes un peu avec mes amis et moi, tu ne tarderas pas à te faire accepter. Mais avant, il va falloir qu'on te teste pour savoir si tu es assez cool. Comme tu viens de Los Angeles, je te dispense des épreuves écrites. Allons-y tout de suite. Le vernis noir ?

Buffy hésita.

— Démodé.

— *Ultra*-démodé, tu veux dire. James Spader ?

— Il aurait besoin de renouveler sa garde-robe.

— Les capuccinos ?

— C'est ce que boivent toutes les stars en ce moment.

— Tom Cruise ?

— Relégué au fond d'un placard par Brad Pitt... Mais il n'était pas mal dans *Entretien avec un Vampire*, ajouta Buffy.

Cordélia hocha la tête.

— Bon, tu ne t'en es pas trop mal sortie.

— Ouf ! Je suis soulagée ! dit Buffy, portant la main à son cœur et poussant un soupir exagéré.

Elles s'arrêtèrent devant une fontaine à eau où Willow buvait. Cordélia haussa un sourcil parfaitement épilé.

— Jolie robe, Willow. Ravie de voir que tu as découvert Sears.

Buffy vit aussitôt que l'autre fille était blessée. Surprise par la méchanceté soudaine de Cordélia, elle lui jeta un regard interrogateur.

— En fait, c'est ma mère qui l'a choisie, répondit Willow.

— Pas étonnant que tous les mecs du lycée soient fous de toi, railla Cordélia. Tu as fini ?

— Oh. Pardon.

Willow s'écarta vivement pour laisser la place à sa camarade. Celle-ci se tourna vers Buffy.

— Si tu veux t'intégrer ici, la première chose à faire, c'est de repérer les minables. Quand tu pourras les identifier à dix pas, tu auras beaucoup moins de mal à les éviter.

Elle se pencha pour boire. Mal à l'aise, Buffy regarda Willow s'éloigner, puis suivit Cordélia jusqu'à la bibliothèque.

— Et si tu n'as pas trop de boulot pour rattraper les cours, tu devrais venir au *Bronze* ce soir, suggéra sa nouvelle amie.

— Où ça ?

— Au *Bronze*. C'est le seul club potable dans les environs. Ils laissent entrer n'importe qui, mais ça vaut quand même le coup. Ça se trouve dans les mauvais quartiers.

— C'est-à-dire ?

— A environ cent mètres des beaux quartiers. La ville n'est pas bien grande ; tu ne tarderas pas à t'en apercevoir.

Elles s'arrêtèrent devant la porte de la bibliothèque.

— J'essaierai de venir, promit Buffy. Et encore merci.

— Parfait. On se verra pendant le cours de gym. Tu me raconteras ta vie. Je veux absolument tout savoir ! s'exclama Cordélia.

Sur ce, elle tourna les talons et s'en fut. Légèrement décontenancée, Buffy s'autorisa un petit sourire ironique.

— Ma pauvre vieille, tu ne te rends pas compte...

Elle entra dans la bibliothèque, dont l'élégance la surprit : panneaux de bois foncé, reflet du soleil sur le parquet ciré, et des étagères à perte de vue. Un escalier conduisait à un second niveau aussi bourré de livres. Avec sa grande table de chêne et ses petites lampes individuelles, l'endroit évoquait irrésistiblement l'Angleterre du XIXe siècle.

Il semblait n'y avoir personne. S'approchant du comptoir des inscriptions, Buffy remarqua le journal local qui était posé dessus. On avait entouré de rouge un article en première page. « Trois jeunes gens disparus », clamait le gros titre.

Buffy avança dans la pièce en tordant le cou.

— Bonjour. Il y a quelqu'un ?

Sentant une main se poser sur son épaule, elle sursauta et se retourna.

— Puis-je vous aider ? demanda poliment un homme qui s'exprimait avec un accent anglais, et dont le regard avait une étrange intensité.

Buffy poussa un soupir de soulagement.

— Euh... Je cherchais des livres, dit-elle platement. Je suis nouvelle à Sunnydale.

— Mlle Summers, je présume ?

— Bien vu. Il ne doit pas y avoir beaucoup d'arrivées en cours de trimestre.

— Je suis M. Giles, le bibliothécaire.

Buffy le détailla. Il était grand et mince, vêtu avec une élégance un peu désuète : un costume de tweed, une chemise à fines rayures et une cravate. Derrière ses lunettes rondes à monture métallique, il lui rendit son regard avec gentillesse.

— Super. Alors, vous avez ?...

— Je sais ce que vous cherchez.

Giles la ramena au comptoir des inscriptions, derrière lequel ouvrait la porte de son bureau. Mais il n'alla pas jusque-là. Plongeant la main sous le comptoir, il en sortit un gros volume relié de cuir qu'il poussa vers la jeune fille. Un seul mot se détachait sur la couverture :

VAMPYR.

C'était le livre de son cauchemar.

Buffy s'empourpra. Une lueur de compréhension passa dans ses yeux. Sans quitter le bibliothécaire du regard, elle recula.

— Vous vous trompez, dit-elle d'une voix tendue.

— En êtes-vous certaine ? répliqua calmement Giles.

— Oui.

Le bibliothécaire hésita et replaça le livre sous le comptoir.

— Désolé. Alors, de quoi aviez-vous ?...

Il leva la tête, mais la pièce était vide.

Buffy avait disparu.

*
* *

Au moment où Buffy sortait de la bibliothèque, deux autres élèves étaient en train de parler d'elle en se changeant dans le vestiaire des filles.

— La nouvelle ? Elle a l'air un peu bizarre, grogna une fille. Rien que ce prénom, Buffy.... C'est ridicule, tu ne trouves pas ?

— Aphrodésia ! l'appela une de ses amies.

— Oh. Salut, Aura, répondit-elle distraitement.

La fille s'immisça aussitôt dans la conversation.

— Il paraît qu'elle s'est fait virer de son ancien bahut ; c'est pour ça que sa mère a dû déménager.

— Ce n'est pas ce que j'ai entendu à la cafétéria, dit Aphrodésia.

— Mais si ! Elle n'arrêtait pas de se bagarrer, insista Aura.

Aphrodésia ouvrit son placard.

— N'importe quoi.

— Je le tiens de Blue, lâcha Aura en pliant ses affaires de ville pour les ranger. Elle a vu le rapport de...

Elle n'eut pas le temps de finir sa phrase. Alors qu'elle ouvrait son propre placard, le cadavre d'un adolescent lui tomba dessus. Aphrodésia poussa un hurlement. Le mort avait les yeux grands ouverts et une grimace déformait ses traits, comme s'il avait vu quelque chose de particulièrement horrible lors de ses derniers instants.

Aucune des jeunes filles ne le connaissaient. Elles ne pouvaient pas deviner que c'était un ancien élève de Sunnydale qui s'était introduit dans le lycée la veille avec l'intention romantique d'emmener sa petite amie sur le toit du gymnase.

CHAPITRE III

Willow examina ce que sa mère lui avait préparé pour déjeuner. Comme d'habitude, des choses saines et terriblement ennuyeuses...

Elle était si absorbée par sa contemplation qu'elle ne remarqua pas la personne qui s'approchait jusqu'à ce que celle-ci prenne la parole.

— Rebonjour. Tu t'appelles Willow, n'est-ce pas ?

La jeune fille sursauta et tourna la tête.

— Oui. Pourquoi ? demanda-t-elle, méfiante. (Puis, se souvenant qu'elle avait déjà vu son interlocutrice en compagnie de Cordélia :) Tu veux que je me pousse, c'est ça ?

— Non, il y a assez de place pour nous deux, dit Buffy en s'asseyant près d'elle. Cela dit, j'ai quand même un service à te demander, mais ça ne t'obligera pas à bouger d'ici... Juste à me supporter pendant un moment.

Willow fronça les sourcils.

— Je croyais que tu traînais avec Cordélia.

— Et alors ? Je ne peux pas vous fréquenter toutes les deux ?

— Pas légalement, non.

— Ecoute, expliqua Buffy, je veux vraiment m'adapter ici. Cordélia s'est montrée très sympa... Avec moi, du moins. Mais je ne veux pas rater mon année, et on m'a dit que tu étais la personne la mieux placée pour m'aider à rattraper mon retard.

Le visage de Willow s'éclaira.

— Oh, je ne demande pas mieux ! Si tu n'as pas cours de trois à quatre, on pourrait se retrouver à la bibliothèque...

— J'aime mieux pas, répondit Buffy. Je préférerais un endroit plus bruyant. Celui-là me file les chocottes.

— Comme à la plupart des élèves, sourit Willow. Mais moi, j'adore. Il y a vraiment tous les livres qu'on veut, et le nouveau bibliothécaire a l'air cool.

— Nouveau ? répéta Buffy.

— Oui, il vient d'arriver, confirma Willow. Avant, il était conservateur d'un musée anglais, je crois. Il sait absolument tout, et il a apporté avec lui un tas de biographies et de bouquins d'histoire... (Elle rougit.) Tu dois me trouver très ennuyeuse.

— Pas du tout.

Les filles levèrent la tête pour voir arriver Alex et Jesse.

— Salut. Vous êtes occupées ? lança Alex. On peut vous interrompre ? Non, ne répondez pas : je sens que vous en serez ravies.

— Salut, sourit Buffy.

— Buffy, je te présente Jesse, intervint Willow. Et ça, c'est Alex.

— On se connaît déjà, dit le jeune homme, l'air détaché. En fait, nous sommes de vieux amis. Des amis très proches. Pendant un moment, nos routes se sont séparées ; nous avons fréquenté d'autres gens. Mais nous voilà à nouveau réunis... N'est-ce pas touchant ?

Buffy le dévisagea, mi-rieuse mi-perplexe.

— C'est une impression, ou es-tu en train de te transformer en parfait crétin ? demanda Jesse.

Une seconde, Alex sembla presque embarrassé.

— Non, ce n'est pas une impression, admit-il.

— Ravie de vous connaître, lança Buffy. Enfin, je crois.

— On voulait te souhaiter la bienvenue, pour que tu te sentes à Sunnydale comme chez toi, dit galamment Jesse. A moins que ton chez toi soit une vieille baraque effrayante et pleine de toiles d'araignées.

— Je voulais aussi te rendre ça, intervint Alex, en sortant de son sac le pieu que Buffy avait laissé tomber un peu plus tôt. Même si je ne vois pas trop ce que tu peux en faire, à part construire une barrière.

— Oh, euh... C'est pour me défendre, improvisa Buffy. Tout le monde en a à Los Angeles. Les bombes de gaz lacrymogène sont terriblement dépassées.

Peu convaincu, Alex hocha néanmoins la tête.

— Alors, dis-nous... Où traînes-tu, que fais-tu de ton temps libre, quelles qualités recherches-tu chez un homme ? Je veux tout savoir.

— Surtout les plus noirs de tes secrets. Avec un peu de chance, on en fera un best-seller, suggéra Jesse.

— Décidément, soupira Buffy, tout le monde veut que je raconte ma vie. Je suis flattée.

— Eh bien, il ne se passe pas grand-chose dans une ville qui a un seul MacDo, confessa Alex. Tu es la dernière nouveauté en date.

— Je n'ai rien d'extraordinaire, tu peux me croire, mentit Buffy.

— Ces minables t'embêtent ? intervint Cordélia, apparaissant soudain derrière Jesse.

Elle eut une moue dégoûtée.

— Pas du tout, protesta Buffy, surprise.

— Elle ne traîne pas avec nous, se hâta de préciser Willow.

Jesse dévorait Cordélia du regard.

— Salut, dit-il en lui décochant son plus beau sourire.

La jeune fille leva les yeux au ciel puis regarda Buffy.

— Je ne voudrais surtout pas interrompre ta dégringolade sociale, mais je devais t'annoncer que le cours de gym est annulé. Tu n'auras pas le plaisir de rencontrer Mme Foster et ses poils sur la poitrine. Tout ça à cause du type extrêmement mort qu'on a trouvé dans les vestiaires.

Buffy écarquilla les yeux.

— Pardon ?

— De quoi parles-tu ? renchérit Willow, alarmée.

— Un cadavre était rangé dans le placard d'Aura, expliqua Cordélia, dédaigneuse.

— Mort, murmura Buffy.

— Tout à fait raide, confirma son amie.

— Pas juste un peu, si je comprends bien ? intervint Alex.

Cordélia lui jeta un regard glacial.

— Tu es sûr de n'avoir rien à faire ailleurs ?

— Si tu as besoin d'une épaule sur laquelle pleurer..., commença Jesse.

— De quoi est-il mort ? coupa Buffy, impérieuse.

— Je ne sais pas.

— Y avait-il des marques sur son cadavre ?

— Je te trouve bien morbide, fit Cordélia en la dévisageant comme si elle s'était transformée en extraterrestre. Je n'ai pas demandé !

Buffy se leva abruptement.

— Je dois partir. A plus.

— Qu'est-ce qui lui arrive ? demanda Cordélia à voix haute tandis que la jeune fille s'éloignait à grands pas vers le gymnase.

CHAPITRE IV

Buffy se rendit dans les vestiaires des filles. Malheureusement, elle croisa M. Flutie qui en sortait, refermant la porte derrière lui.

— Buffy ! s'exclama-t-il, surpris. Que faites-vous là ?

— Euh... Je voulais juste savoir s'il y avait vraiment un type mort à l'intérieur, répondit la jeune fille en s'efforçant de prendre un ton détaché.

— Qui vous a raconté ça ? s'enquit M. Flutie avec un peu trop d'empressement. (Une pause.) Bon, c'est vrai. Mais il ne faisait pas... plus partie de nos étudiants.

— Savez-vous de quoi il est mort ?

— Pardon ?

— Je veux dire, bafouilla Buffy, comment une chose pareille a-t-elle pu se produire ?

— Ça, ce sera à la police de le déterminer quand elle arrivera, déclara M. Flutie. Mais cet établissement est sûr ; nous avons satisfait à toutes les inspections sanitaires, et je ne pense pas qu'on puisse nous poursuivre en justice.

— Y avait-il beaucoup de sang ? ne put s'empêcher de demander Buffy. Ou même un peu ?

M. Flutie la dévisagea longuement.

— Jeune fille, je ne pense pas qu'il soit très sage de vous impliquer dans ce genre d'affaire.

— Je n'en ai pas l'intention, le rassura Buffy. Je voudrais juste jeter un coup d'œil.

— ... A moins que vous ne le soyez déjà, reprit M. Flutie, poursuivant son raisonnement.

Il jeta à l'adolescente un regard soupçonneux, mais elle se contenta de secouer la tête.

— Oubliez ça.

— Buffy, soupira le principal, je comprends que vous vous sentiez désorientée. Vous devez éprouver en ce moment beaucoup d'émotions contradictoires. Je pense que vous devriez en parler à quelqu'un. Enfin, à quelqu'un d'*autre*.

Buffy lui adressa un sourire sans joie. Puis elle fit demi-tour et battit en retraite.

Elle n'avait aucune intention de laisser tomber si facilement.

A grands pas, elle fit le tour du gymnase. Elle n'eut pas de mal à trouver la seconde issue du vestiaire. Elle saisit la poignée et la tourna, mais la porte était verrouillée de l'intérieur.

Buffy jeta un regard autour d'elle pour s'assurer qu'elle était seule. Puis, d'un geste vif et sec, elle tira sur la poignée. La serrure se brisa, et la porte s'ouvrit. Après un dernier coup d'œil par-dessus son épaule, la jeune fille pénétra dans le vestiaire.

La première chose qu'elle vit fut le cadavre, allongé sur le sol et dissimulé par une couverture.

Elle s'en approcha d'un pas hésitant, se doutant que ce qu'elle allait découvrir ne lui plairait pas.

Lentement, elle souleva un coin de la couverture et tira.

Une grimace déforma les traits de Buffy, qui serra les poings.

— Génial ! explosa-t-elle, furieuse.

Sur le cou du cadavre se détachaient deux marques de dents.

*
* *

Quelques instants plus tard, Buffy, exaspérée, entra au pas de charge dans la bibliothèque.

— D'accord, que se passe-t-il ici ? demanda-t-elle sur un ton peu amène.

Au second niveau, Giles était plongé dans un bouquin qui semblait le captiver. Il leva la tête au moment où Buffy commençait à monter les marches.

— De quoi parlez-vous ?

— Vous savez qu'on a retrouvé un type mort dans les vestiaires des filles, n'est-ce pas ? attaqua Buffy.

— Oui.

— Comme par hasard, il a deux petits trous dans le cou et plus une goutte de sang dans le corps. Quelle coïncidence ! Je parie que ça vous en bouche un coin !

Giles poussa un soupir.

— C'est bien ce que je craignais...

— Pas moi ! explosa Buffy. C'est mon premier jour à Sunnydale ! Je craignais d'être en retard par rapport aux autres élèves, de ne pas réussir à me faire d'amis, d'avoir une coiffure démodée. Mais je ne pensais pas qu'il y aurait des vampires sur le campus ! Et à vrai dire, je m'en fiche complètement.

— Dans ce cas, qu'êtes-vous venue faire ici ?

Buffy en resta muette quelques secondes.

— Vous dire que je m'en fiche complètement ! claironna-t-elle. Ce qui est la stricte vérité, et puisque c'est fait... au revoir.

Mortifiée par le sourire ironique de Giles, elle battit en retraite vers la sortie.

— Se relèvera-t-il ? demanda le bibliothécaire.

Buffy s'immobilisa.

— Qui ça ?

— Le garçon.

— Non, il est juste mort.

— Vous en êtes sûre ?

L'adolescente acquiesça.

— Pour devenir un vampire, il faut qu'un monstre boive votre sang, puis que vous fassiez la même chose avec le sien. La plupart du temps, ces salauds se contentent de vous vider et de vous laisser sur le carreau... Pourquoi suis-je encore en train de vous parler ?

— Vous n'avez aucune idée de ce qui se prépare, n'est-ce pas ? lança Giles d'une voix tendue. Pensez-vous que votre venue ici relève d'une coïncidence ? Ce garçon n'est que la première victime d'une longue série.

Buffy secoua la tête.

— Je veux juste qu'on me fiche la paix. Pourquoi est-ce si difficile à comprendre ?

— Parce que vous êtes la Tueuse.

Elle se figea, ravalant les reparties mordantes qu'elle allait jeter à la figure de son interlocuteur. L'air solennel, Giles descendit les marches.

— Dans chaque génération naît une Tueuse, dit le bibliothécaire. Une seule fille dans le monde entier, une Elue possédant...

La voix de Buffy se joignit à la sienne.

— ... La force et les capacités de traquer les vampires...

Giles se tut, laissant l'adolescente achever :

— ... De les empêcher de répandre le mal et bla bla bla. Je connais ce truc par cœur, d'accord ? cracha Buffy.

Giles eut l'air troublé.

— Je ne comprends pas votre attitude. Vous avez accepté votre mission et tué de nombreux vampires...

— Oui, et j'en ai par-dessus la tête ! J'ai envie de vivre autre chose.

Le bibliothécaire se mordit la lèvre inférieure, puis demanda :

— Que savez-vous de cette ville ?

— Elle se trouve à deux heures de voiture de Neiman Marcus, répondit Buffy, boudeuse.

Giles lui fit signe de l'attendre et entra dans une grande pièce en continuant à parler.

— Si vous étudiez l'histoire de Sunnydale, vous vous apercevrez que d'étranges événements s'y sont produit. Je pense que la ville a été construite sur un nexus d'énergie magique, et que les créatures des ténèbres y sont attirées malgré elles.

Il réapparut, portant une pile de livres.

— Les vampires, par exemple, suggéra Buffy.

Elle voulut partir, mais Giles saisit l'ouvrage posé au sommet de la pile et le lui tendit. Il ressemblait à celui qu'il avait voulu lui donner lors de sa première visite. Pendant que Buffy observait la couverture, le bibliothécaire continua à lui jeter des livres dans les bras.

— Ou les loups-garous, les zombies, les succubes et les incubes, récita-t-il. (Il se pencha vers elle.) Tous les monstres qu'on redoute de trouver sous son lit quand on est enfant, et qui ne sont pas censés exister dans la journée.

— Ne me dites pas que vous vous êtes abonné à *Sorcellerie Magazine* ?

Giles eut l'air un peu embarrassé.

— Eh bien, oui.

— Vous avez eu quoi comme cadeau ? Le téléphone portable ?

— Non, le calendrier.

— Super ! (Buffy se raidit.) D'accord, je suis une tueuse de vampires, dit-elle en remettant la pile de livres sur les bras de Giles. Mais j'ai décidé de prendre ma retraite. Puisque la place est libre, pourquoi ne vous y collez-vous pas ?

— Je suis un Gardien, protesta le bibliothécaire, surpris. Je ne saurais pas.

— Allons, ce n'est pas si difficile, l'encouragea Buffy. Un pieu dans le cœur, un peu de soleil... On s'y fait très vite.

— La Tueuse tue, expliqua patiemment Giles. Le Gardien...

— Garde ? suggéra Buffy, moqueuse.

— Oui. Non ! (Le bibliothécaire se reprit.) Il... il l'entraîne, il la prépare à...

— A quoi ? (Cette fois, Buffy était vraiment en colère.) A se faire expulser du lycée ? A perdre tous ses amis ? A devoir lutter sans cesse pour sa vie, sans pouvoir en parler à ses amis pour ne pas les mettre en danger ? Allez-y, le défia-t-elle. Préparez-moi à ça.

Elle fit demi-tour et sortit de la bibliothèque. Giles s'élança dans le couloir pour la rattraper.

Ils étaient tellement absorbés par leur conversation qu'ils n'avaient pas remarqué la silhouette debout dans l'ombre de deux rayonnages. Alex sortit lentement à la lumière, un mélange d'amusement, d'excitation et d'incrédulité se lisant sur son visage.

Il baissa les yeux vers l'exemplaire de *Théories Trigonométriques* qu'il tenait, puis regarda la porte de la bibliothèque. Ses lèvres remuèrent, mais aucun son n'en sortit. Enfin, sa voix résonna dans le silence.

— *Quoi ?*

*
* *

Giles continua à suivre Buffy dans le couloir plein d'étudiants.

— Ça empire ! cria-t-il derrière elle.

La jeune fille s'arrêta et fit volte-face. Consciente de la foule qui grouillait autour d'eux, elle s'efforça de parler à voix basse.

— Qu'est-ce qui empire ? soupira-t-elle.

— L'afflux de morts-vivants, répondit Giles en l'entraînant vers le mur. Les manifestations surnaturelles. Elles ont commencé il y a des siècles, mais... Ce n'est pas une coïncidence que vous soyez ici en ce moment.

— En effet : j'y suis parce que ma mère a choisi de déménager, répliqua Buffy, sarcastique.

Elle voulut s'éloigner, mais Giles lui saisit le bras pour la retenir.

— Quelque chose est sur le point de se produire à Sunnydale, insista-t-il. Ça ne devrait plus tarder.

Buffy se dégagea.

— Vous pourriez préciser ?

Giles baissa encore la voix. La jeune fille dut tendre l'oreille pour comprendre.

— Pour ce que j'en sais, tous les signes indiquent qu'un événement maléfique crucial aura lieu d'ici quelques jours.

Buffy plissa les yeux.

— Il m'étonnerait qu'un événement, maléfique ou pas, se produise dans une ville aussi calme que Sunnydale.

CHAPITRE V

La nuit était tombée.

Pourtant, il faisait toujours sombre dans cet endroit obscur et maléfique, cet antre secret où même la lumière vacillante des bougies ne suffisait pas à percer les ténèbres.

Des ombres glissaient sur les murs humides et lézardés, s'infiltraient dans les crevasses, se tapissaient dans les coins ou enveloppaient les statues brisées à l'expression vide, gardiennes sans âme de la mort et de la pourriture.

Les silhouettes humaines agenouillées sur le sol, tête baissée en signe de supplication, ressemblaient à ces statues. Une mélopée sourde s'élevait et retombait autour d'elles, se répercutant contre les parois de la salle.

Luke se tenait à l'écart des autres, car son rang lui évitait de devoir se mêler à eux. Même à genoux, il restait imposant avec sa haute taille, ses larges épaules et ses bras musclés. Il avait des narines frémissantes, des yeux reptiliens légèrement obliques, des lèvres épaisses et un front bas.

Un observateur non averti l'aurait pris pour un jeune homme d'une vingtaine d'années. En réalité, Luke était beaucoup plus vieux que ça. Ses vêtements semblaient dater d'un âge révolu, même si on n'aurait pas su dire lequel.

Tous les sens en alerte, il écoutait.

Le chant s'amplifia, se fit plus intense. Luke observa la surface immobile d'une flaque écarlate.

Une flaque de sang.

— Le dormeur va se réveiller, annonça-t-il.

Sa voix était grave et sonore ; son haleine sentait le cadavre pourrissant et la terre fraîchement retournée.

Il avait un visage de vampire.

— Le dormeur va se réveiller, répéta-t-il, et le monde saignera.

Il plongea un doigt dans le liquide poisseux.

— Amen.

Tandis qu'un souffle invisible agitait follement les flammes des bougies, les ruines qui l'entouraient s'illuminèrent.

C'étaient celles d'une église enfouie sous terre depuis des siècles. Au plafond, des arches et des poutres brisées formaient d'étranges angles.

Le sang coulait lentement sur les côtés de ce qui avait dû être un autel.

Les fidèles reprirent en chœur leur mélopée, emplissant la pièce de leur dévotion et de leur désespoir.

Puis ils attendirent.

CHAPITRE VI

Debout face à son miroir, Buffy se demandait ce qu'elle allait pouvoir porter le soir même. Elle plaqua contre son corps une tenue étonnamment sommaire et apostropha son reflet :
— Bonjour ! Je suis une Marie-couche-toi-là !
Ça n'allait pas du tout. Elle choisit un second ensemble beaucoup plus sobre, répéta la manœuvre, et grimaça.
— Bonsoir ! J'aime passer mes soirées à tricoter au coin du feu !
Ça n'allait pas non plus. Frustrée, Buffy jeta à terre les deux tenues.
— Dire que je m'habillais si bien autrefois, grommela-t-elle tandis que sa mère entrait dans sa chambre.
— Tu sors, ma chérie ? s'enquit Joyce.
— Oui. Je vais dans un club.
— Y aura-t-il des garçons ?
— Bien sûr que non ! s'indigna faussement Buffy. C'est un club réservé aux nonnes.
Sa mère sourit.
— Tâche d'être prudente.
— Promis.

Buffy sentait venir une conversation sérieuse. Mal à l'aise, Joyce lança enfin.

— Je crois que ça pourrait marcher ici, déclara-t-elle très vite. Je sens bouillonner mon énergie créatrice. La galerie sera de nouveau sur pied en un rien de temps. Je pense avoir trouvé un local.

— Super ! répondit Buffy, en s'efforçant de se montrer enthousiaste.

— Et ce lycée sera pour toi un environnement idéal.

— Maman...

— Je sais, je sais. Tu as seize ans et mes inquiétudes de mère-poule te passent au-dessus de la tête. (Joyce hésita.) Pour moi aussi, il est difficile de tout recommencer dans une nouvelle ville. Je veux que tout se passe bien, tu comprends ? Je suis déterminée à faire tout mon possible.

— Je sais.

— Tu es une bonne fille, Buffy. Mais tu ne fréquentais pas les gens qu'il aurait fallu. C'est du passé maintenant.

— Ça, oui ! répondit l'adolescente. A partir d'aujourd'hui, je ne traînerai plus qu'avec des vivants... Je veux dire, des jeunes pleins de vie.

Joyce eut l'air soulagé.

— Parfait. Amuse-toi bien.

*
* *

Finalement, elle opta pour un pantalon moulant et un chemisier bleu poudré ouvert sur une brassière. Puis elle releva ses cheveux blonds et décida de se rendre à pied jusqu'au *Bronze*.

Laissant derrière elle les boulevards bien éclairés des beaux quartiers, elle s'engagea dans les rues désertes qui bordaient l'extérieur de Sunnydale.

Elle franchit l'angle d'une avenue, se demandant si le club était encore loin. Devant elle, le trottoir s'étendait à perte de vue, envahi par les ombres, et le bruit de ses pas résonnait sinistrement dans l'obscurité.

Buffy n'arrivait pas à chasser de son esprit les événements de la journée, les gens qu'elle avait rencontrés, les choses étranges qui s'étaient produites. Perdue dans ses pensées, elle continua à marcher jusqu'à ce qu'elle s'aperçoive qu'elle n'était pas seule.

D'autres pas retentissaient derrière elle.

Buffy fit volte-face.

Une silhouette enveloppée de ténèbres se tenait un peu plus loin.

Trop loin pour qu'il semble naturel de lui adresser la parole.

Elle ne bougeait pas. Bien que Buffy ne puisse voir son visage, elle eut l'impression que la personne la regardait.

Mal à l'aise, elle se détourna et recommença à marcher.

La silhouette lui emboîta le pas sans se presser.

Buffy accéléra. Sur une impulsion, elle plongea dans une ruelle et évalua du regard le décor qui l'entourait. Trois mètres au-dessus de la chaussée, elle vit un énorme tuyau. L'autre extrémité de la ruelle était bloquée par un amoncellement d'ordures.

La jeune fille entendit la silhouette se rapprocher sans hâte. Elle sauta, agrippa le tuyau des deux mains et effectua un rétablissement impeccable. Puis elle s'accroupit pour attendre son poursuivant.

Dès que la silhouette eut pénétré dans la ruelle, Buffy lui sauta dessus sans crier gare. Elle lui passa ses jambes autour du cou et, se jetant en arrière, fit un roulé-boulé en entraînant l'inconnu dans sa chute.

L'homme se releva aussitôt, mais elle lui saisit le bras et le projeta contre le mur.

En s'approchant de lui, elle réalisa qu'il ne faisait pas mine de l'attaquer. Au contraire, il leva les mains en signe d'apaisement.

— Vous avez un problème, mademoiselle ? demanda-t-il.

Il semblait amusé par la situation. Buffy plissa les yeux et, soupçonneuse, le détailla de la tête aux pieds.

L'homme était jeune et séduisant : grand et mince avec des pommettes saillantes et d'épais cheveux noirs. Une lueur étrange brillait dans ses yeux profondément enfoncés dans leurs orbites.

Plus que tout le reste, son assurance tranquille mit Buffy mal à l'aise, comme si l'inconnu savait des choses qu'elle ignorait encore.

Durant leur brève empoignade, il s'était déplacé avec grâce et adresse. Pour l'heure, il regardait la jeune fille sans bouger.

— Oui, il y a un problème, répliqua Buffy. Pourquoi me suivez-vous ?

— Je sais à quoi vous pensez, mais ne vous inquiétez pas, déclara l'homme d'une voix neutre. Je ne mords pas.

Ce n'était pas du tout le genre de réponse que Buffy attendait. Perplexe, elle fit un pas en arrière.

— A vrai dire, je croyais que vous seriez plus grande, reprit l'homme. Plus musclée. Mais je dois reconnaître que vous êtes sacrément efficace.

— Que voulez-vous ?

— La même chose que vous.

— C'est-à-dire ?

Il redevint sérieux.

— Les tuer tous.

Buffy tenta de cacher sa surprise.

— Désolée ! annonça-t-elle en prenant la voix et le ton d'une animatrice de jeu télévisé. Ce n'est pas la bonne réponse, mais vous gagnez cette adorable montre et votre poids en Snickers. (Une pause.) Ce que je veux, c'est qu'on me fiche la paix.

L'homme la fixa intensément.

— Croyez-vous que ce soit encore une option ? Vous vous tenez sur la bouche de l'enfer, et elle est sur le point de s'ouvrir.

Lentement, il plongea une main dans son pardessus et en sortit ce qui ressemblait à un écrin.

— Ne tournez pas le dos à vos obligations, dit-il en lançant la petite boîte à Buffy. Vous devez vous tenir prête.

La jeune fille leva le menton, pleine de défi.

— Prête pour quoi ?
— Pour la Moisson.

L'homme se détourna et fit mine de rebrousser chemin. Buffy le rappela.

— Vous ne m'avez pas dit qui vous étiez.
— Un ami, répondit-il calmement.
— Et si je ne veux pas d'ami ? lança la jeune fille, exaspérée.

Il eut un sourire ironique.

— Je n'ai pas prétendu que j'étais le vôtre.

Buffy le regarda s'éloigner et vit son ombre se fondre dans l'obscurité de l'avenue.

Elle ouvrit la boîte. A l'intérieur reposait une croix. Toute petite mais très ancienne, elle était attachée à une longue chaîne en argent.

La jeune fille leva la tête.

Le mystérieux inconnu avait disparu.

CHAPITRE VII

Une queue impressionnante s'étendait sur le trottoir, devant le *Bronze*.

Ce n'était pas un club chic, constata aussitôt Buffy, mais plutôt un bouge, ce qui n'avait rien pour lui déplaire. Le bâtiment gothique, un peu décrépit, faisait un plaisant contraste avec la foule de lycéens et d'étudiants vêtus à la dernière mode qui se pressaient pour y entrer.

Ici, personne ne soumettait les gens à un questionnaire pour déterminer s'ils étaient cools : il suffisait de payer quatre dollars pour avoir le droit d'entrer et se faire tamponner la main si on était assez âgé pour boire de l'alcool.

Buffy chercha du regard un visage familier. Sans succès.

Le *Bronze* était bruyant, enfumé et totalement bondé. Un groupe de musiciens se déchaînaient sur la scène, mais la foule semblait plutôt bon enfant. Une partie des lycéens étaient assis dans la salle du fond, qui faisait office de bar ; d'autres s'étaient installés en couples aux petites tables de la mezzanine.

Buffy se fraya un chemin parmi les amateurs de musique, toujours à la recherche de quelqu'un qu'elle connaissait... Cordélia, par exemple. Son regard croisa celui d'un jeune homme très mignon, qui lui fit un signe de la main.

Buffy allait le lui rendre quand elle comprit qu'il était destiné à une fille debout derrière elle. Embarrassée, elle porta sa main à ses cheveux, comme si elle voulait réarranger sa coiffure.

Elle fut soulagée de repérer Willow, assise au comptoir. La jeune fille commandait timidement un soda ; Buffy se hâta de la rejoindre.

— Salut ! sourit-elle.

— Oh ! Salut ! répondit Willow, l'air à la fois surprise, contente... et complètement à côté de ses pompes avec son chemisier à col Peter Pan et son gros pull.

— Tu es venue avec quelqu'un ? demanda Buffy.

— Non. (Willow rougit.) Je pensais qu'Alex serait là...

— Vous sortez ensemble ?

La jeune fille secoua la tête.

— Nous sommes seulement amis. (Elle marqua une pause, puis ajouta :) En réalité, on sortait ensemble autrefois, mais on a rompu.

— Pourquoi ?

— Il m'avait volé ma Barbie. (Alors que Buffy fronçait les sourcils, Willow expliqua :) On avait cinq ans.

— Je vois.

— Ça fait un moment que je n'ai pas eu de petit ami, soupira la jeune fille.

— Pourquoi ça ?

Willow grimaça.

— Chaque fois que je suis avec un garçon, je ne trouve rien de cool ou de marrant à raconter. J'arrive à bafouiller quelques mots, et ça s'arrête là.

Buffy ne put s'empêcher de rire.

— Ce n'est pas si terrible.

— Si. Les garçons préfèrent les filles capables de terminer une phrase.

— Tu as raison : ça fait un moment que tu n'as pas eu de petit ami.

— Il est facile pour toi de dire ça, murmura Willow sur un ton plein de reproches. Tu ne dois pas avoir de mal à te trouver quelqu'un.

— Tu crois ça ? grogna Buffy.

— Tu n'as pas l'air trop timide. Et tu sais t'habiller toute seule.

— C'est à cause de ma philosophie. Tu veux que je t'explique ?

— Volontiers.

— La vie est courte.

Willow haussa les sourcils.

— « La vie est courte », répéta-t-elle.

Buffy haussa les épaules.

— Rien de très original, je te l'accorde. Mais ça n'en reste pas moins vrai. Pourquoi perdre du temps à être timide ? Pourquoi te demander si un type ne va pas te rire au nez ? C'est de l'énergie gaspillée. Profite du moment présent, parce que demain, tu seras peut-être morte.

Willow eut un sourire crispé.

— Je vois.

Buffy balaya la foule du regard. Apercevant un homme accoudé à la rambarde de la mezzanine, au-dessus d'elle, elle se renfrogna.

— Je reviens dans une minute, promit-elle.

— Ça va, lui assura Willow. Je m'en sortirai toute seule.

Buffy sourit et secoua la tête.

— J'ai dit : je reviens dans une minute, insista-t-elle.

Elle ignorait si Willow l'avait entendue ou non. Quand elle plongea à nouveau dans la foule, la jeune fille, la tête baissée, répétait d'un air pensif : « Profite du moment présent... »

Il ne fallut pas longtemps à Buffy pour trouver l'escalier. Elle monta jusqu'à la mezzanine et se faufila le long de la rambarde. L'air nonchalant, elle s'y accouda sans jeter un regard à Giles.

— Alors comme ça, vous aimez faire la fête avec les étudiants, plaisanta Buffy. Vous n'êtes pas un peu vieux ?

— Si vous croyez que ça m'amuse, répondit sèchement Giles, les yeux rivés sur la scène. Regarder se déhancher des jeunes gens déguisés en clowns ne correspond pas à mon idée d'une soirée agréable. Je préférerais être chez moi avec un bon livre et une infusion.

Buffy leva les yeux au ciel.

— Vous êtes un vrai boute-en-train !

— Ce genre d'endroit est un parfait terrain de chasse pour les vampires, l'admonesta Giles. Il fait sombre, les gens se conduisent bizarrement... Et puis, je me doutais que vous viendriez. Vous devez comprendre que...

— Que la Moisson est proche, je sais. Votre ami me l'a déjà dit.

Giles fut pris au dépourvu par cette remarque. Etonné, il dévisagea Buffy.

— De quoi parlez-vous ?

— De la Moisson, répéta la jeune fille plus lentement. J'espère que ça signifie quelque chose pour vous, parce que moi...

— Qui vous a dit ça ?

Buffy se remémora la confrontation dans la ruelle.

— Un type, sur le chemin pour venir ici. Grand, plutôt séduisant. Je pensais que vous le connaissiez.

— Non. La Moisson ? marmonna-t-il. A-t-il ajouté autre chose ?

— Il a parlé de la bouche de l'enfer, je crois. Je ne me sentais pas à l'aise en sa présence.

Un moment, Buffy et Giles contemplèrent en silence les jeunes gens qui se trémoussaient sur la piste de danse.

— Regardez ça, soupira le bibliothécaire, agacé. Les innocents ! Ils n'ont pas conscience du danger qui les entoure.

— Les bienheureux, corrigea Buffy.

— Vous avez peut-être raison. Il se peut que je m'inquiète pour rien, et qu'aucun événement ne se prépare, concéda Giles. Après tout, vous n'avez pas commencé à faire des cauchemars...

Une ombre passa sur le visage de Buffy, qui ne répondit pas.

CHAPITRE VIII

Cordélia se tenait à une distance prudente de la foule qui s'agitait sur la piste de danse. Entourée par sa clique habituelle, elle affichait un air hautain.

— Ma mère ne daigne même plus sortir de son lit, annonça-t-elle, ennuyée. Le docteur prétend que c'est le syndrome d'Epstein-Barr. Par pitié ! Je parierais que c'est plutôt une hépatite ou une dépression nerveuse. Plus personne de cool n'attrape l'Epstein-Barr de nos jours.

Elle se raidit en voyant Jesse approcher. Sans se soucier des autres membres du groupe, le jeune homme se dirigea vers elle et lui sourit.

— Salut, Cordélia.

— Revoilà mon amoureux transi, soupira l'adolescente.

— Tu es très en beauté ce soir.

— Ecoute, Jesse, je suis ravie d'avoir bavardé avec toi, mais...

Le jeune homme se jeta à l'eau.

— Tu ne voudrais pas danser ?

— Avec toi ? demanda Cordélia, glaciale, en détachant bien les syllabes.

— Euh, oui, balbutia Jesse.

— Euh, non, le singea la jeune fille.

Elle s'éloigna, entraînant sa cour dans son sillage. Resté seul, Jesse se mordit les lèvres.

— Tant pis, soupira-t-il en rassemblant ce qui lui restait de dignité. Il y a des tas et des tas d'autres nanas qui rêvent de sortir avec moi. Il ne me reste plus qu'à en trouver une.

Il jeta un coup d'œil à la ronde pour évaluer l'état du cheptel et se mit officiellement en chasse.

De la mezzanine, Buffy le regarda se mêler à la foule. Elle était encore secouée par la remarque de Giles au sujet de ses cauchemars, et sentait ses défenses sur le point de s'effondrer.

— Je n'ai pas dit que je ne tuerais jamais plus de vampires, déclara-t-elle. Mais je ne veux plus consacrer tout mon temps libre à les poursuivre. Evidemment, si l'un d'eux me tombe dessus...

— Mais serez-vous prête ? insista Giles. Vous ignorez tant de choses sur leurs pouvoirs... et sur les vôtres. Tant qu'il ne se nourrit pas, un vampire ressemble à une personne normale. Il révèle son visage démoniaque pendant la chasse...

— Vous ressemblez à un manuel sur pattes ! explosa Buffy. Je sais déjà tout ce que vous me racontez !

Giles choisit d'ignorer cet éclat.

— La Tueuse devrait être capable de les reconnaître au premier coup d'œil, sans avoir besoin de réfléchir ou d'observer. Pouvez-vous me dire s'il y a un vampire dans cet établissement ?

Buffy hésita.

— Peut-être...

— Vous devriez le savoir ! insista Giles. Malgré le bruit, la pénombre et la foule, vous devriez le sentir ! (Il prit une inspiration, et sa voix se fit encourageante.) Essayez.

Buffy baissa les yeux vers la piste de danse et fronça les sourcils.

— Vous devez aiguiser vos perceptions, souffla Giles. Vous concentrer jusqu'à ce que l'énergie vous submerge, jusqu'à ce que vous ayez conscience de chaque particule...

— Il y en a un, dit très vite la jeune fille.

Giles s'interrompit et, sans s'affoler, jeta un coup d'œil par-dessus la rambarde.

— Où ça ?

Buffy tendit le doigt.

— Là-bas. En train de parler avec cette fille.

Dans un coin de la pièce, un jeune homme d'allure séduisante faisait la conversation à une adolescente qu'il cachait à demi.

Giles jeta à Buffy un regard dubitatif.

— Je croyais que vous ne saviez pas..., commença-t-il.

— Oh, pitié ! coupa sa compagne. Regardez sa veste : il a relevé les manches. Et sa chemise !

Le bibliothécaire eut l'air perplexe.

— Elle est démodée ? avança-t-il, hésitant.

— Démodée ? Il faudrait utiliser la datation au carbone pour savoir quand il l'a achetée. Seule une personne ayant passé les dix dernières années sous terre pourrait sortir en boîte habillée comme ça !

— Mais..., protesta Giles. Vous ne...

Penchée sur la rambarde, Buffy sursauta.

— Oh, non !

Dans le coin, le vampire était toujours en train de parler avec la même fille. Il s'écarta pour la laisser passer. Alors qu'elle se levait pour le suivre, Buffy fut prise de nausée.

— N'est-ce pas ?..., commença Giles.

— Ma copine Willow.

— Que fait-elle ?

— Elle profite du moment présent, je suppose, lança Buffy par-dessus son épaule en se précipitant vers l'escalier.

Elle vit Willow et le vampire se diriger vers la porte des coulisses. Elle descendit les marches en bousculant d'autres jeunes gens et fendit la foule en direction de la scène. Mais quand elle put à nouveau jeter un coup d'œil, Willow avait disparu.

Inquiète, Buffy balaya la grande salle du regard, puis se dirigea vers la porte du fond.

Elle avait l'impression de se mouvoir au ralenti ; plus elle approchait de la scène, plus la foule s'épaississait. Enfin, elle réussit à se frayer un chemin et ouvrit la porte à la volée.

L'obscurité la prit par surprise, mais elle ne mit pas longtemps à se ressaisir. Les coulisses étaient désertes ; il y faisait froid et les sons semblaient comme étouffés.

Lentement, Buffy longea le mur de briques, tous les sens en alerte. Alors qu'elle passait devant une vieille chaise abandonnée, elle détacha un des pieds et le brandit comme un pieu.

Après le brouhaha qui régnait à l'intérieur du club, le silence des coulisses lui paraissait menaçant. Enfin, la jeune fille trouva la sortie et fit quelques pas dans une ruelle obscure.

Ayant un mauvais pressentiment, Buffy rebroussa chemin vers l'entrée principale du *Bronze*.

Elle ne s'attendait pas à ce que le vampire se tienne au coin de l'avenue.

Rapide comme l'éclair, elle saisit son adversaire par le col, le projeta contre le mur et le souleva cinquante centimètres au-dessus du sol.

Elle plongea son regard dans le sien...

... Et réalisa trop tard que ce n'était pas le vampire.

Cordélia la dévisagea avec une expression stupéfaite qui s'afficha sur les visages du reste de sa clique.

— Oh, ce... C'est toi, bafouilla Buffy tandis que son amie, les pieds pendus dans le vide, fronçait les sourcils.

— Ça ne va pas la tête ! explosa la jeune fille. Je te trouvais déjà bizarre, mais je n'avais encore rien vu !

Contrite, Buffy la reposa à terre et cacha discrètement le pieu dans son dos.

— Tu as dû être sacrément traumatisée dans ton enfance pour réagir comme ça, railla Cordélia.

Buffy tenta de se reprendre. Elle se força à sourire et à demander sur un ton enjoué :

— Vous n'auriez pas vu Willow, par hasard ? Elle a dû passer par ici il y a une minute.

— Non, on vient juste de sortir. Ecoute, je ne l'apprécie pas spécialement, mais de là à l'attaquer avec un bâton...

Rouge d'embarras, Buffy balbutia une excuse et battit en retraite. La clique de Cordélia la suivit du regard.

Cordélia sortit un téléphone portable de son sac.

— Vous m'excuserez, il faut absolument que je raconte ça à tous les gens que je connais.

Buffy revint vers la porte de derrière et entra de nouveau dans le club. Elle ne tarda pas à repérer Giles, qui l'attendait au pied de l'escalier, et alla aussitôt le rejoindre.

— Vous avez fait vite, constata le bibliothécaire, soulagé. Je ferais mieux de rentrer. Cette histoire de Moisson me...

— Je ne les ai pas trouvés, coupa Buffy, en jetant un regard furieux dans la salle.

Giles la dévisagea comme s'il n'avait pas bien compris ce qu'elle venait de dire.

— Le vampire n'est pas mort ?

— Non, mais ma vie sociale est sur la liste des blessés graves.

— Que faisons-nous ?

— Rentrez chez vous. Je m'occupe de ça.

— Je devrais vous accompagner, proposa Giles.

Buffy secoua la tête et s'enfonça à nouveau dans la foule.

— Ne vous inquiétez pas. Je me débrouillerai bien face à un seul vampire.

Au passage, elle frôla Jesse sans lui prêter attention. Mais elle avait d'autres choses en tête, et le jeune homme était trop occupé à draguer une fille pour s'apercevoir de sa présence.

— Comment as-tu dit que tu t'appelais ? demanda-t-il, espérant que cette fois serait la bonne.

Le visage de l'adolescente ne lui disait rien. Il était sûr de ne jamais l'avoir vue sur le campus...

Il ne se trompait pas, même si elle s'y trouvait la veille au soir en compagnie du malheureux qu'on avait découvert mort dans les vestiaires.

— Darla, répondit-elle en lui souriant.

Elle était vraiment jolie.

— Darla, répéta Jesse. Je ne crois pas qu'on se connaisse. Tu es du coin ?

— Non, mais j'ai de la famille à Sunnydale.

— Peut-être des cousins ou des cousines qui vont au même lycée que moi ?

Le sourire de Darla s'élargit, dévoilant de petites dents blanches nacrées comme des perles.

— Je ne pense pas.

CHAPITRE IX

Cloîtrés entre les murs pourrissants du sanctuaire, les fidèles continuaient leur incantation.

C'était un rituel aussi ancien que le mal lui-même. Lentement, toutes les voix caverneuses s'élevèrent comme une seule. Bientôt, la cérémonie atteindrait un paroxysme longtemps désiré.

Cette église avait autrefois abrité les prières des vertueux. Les seuls sons qui l'emplissaient à présent étaient les psalmodies impies des damnés.

Près de l'autel, Luke se releva brusquement.

Il resta immobile, les yeux écarquillés de ferveur, puis recula. Comme s'ils obéissaient à son signal, les autres fidèles l'imitèrent, la voix tremblante d'impatience.

Luke tendit les mains vers l'autel. Sans crier gare, une tête jaillit de la flaque poisseuse. Le jeune homme sursauta et, incapable de détacher les yeux de ce spectacle, continua à reculer.

Quand la tête eut fini d'émerger, elle fut suivie par la silhouette élégante d'un roi endormi, dont le corps massif ruisselait de sang épais.

Le Maître était le plus puissant des vampires. Né Heinrich Joseph Nest, six cents ans plus tôt, il était entièrement vêtu de noir et faisait un spectacle aussi fascinant que répugnant.

Son visage ne ressemblait pas à celui d'un humain, car il y avait longtemps que le démon l'avait emporté en lui. Son port de tête altier trahissait son invincibilité, inspirant la soumission et une loyauté sans faille.

Il s'avança et tendit à Luke une main que celui-ci prit respectueusement.

— Maître, croassa-t-il.

Le vampire fit encore un pas. Son visage était toujours à demi plongé dans les ténèbres. Luke battit en retraite pour lui céder le passage, tandis que le Maître regardait autour de lui.

— Luke...
— Maître ?
— Je suis faible.
— La Moisson vous restituera vos forces, promit le jeune homme.
— La Moisson...
— L'heure est presque venue. Bientôt, vous serez libre.

Le vampire pivota sur les talons. Il tendit un bras et fit un geste vif. L'air ondula autour de lui, formant une sorte de barrière magique.

Sans un mot, il laissa retomber son bras.

— Je dois être prêt, déclara-t-il. J'ai besoin de tous mes pouvoirs.

— J'ai envoyé vos serviteurs chercher de la nourriture, le rassura Luke.

— Bien. Quelque chose de jeune, j'espère.

CHAPITRE X

Willow commençait à regretter d'avoir agi sur un coup de tête.

Tandis que son compagnon et elle marchaient dans les rues désertes, elle sentit augmenter sa nervosité. Le garçon n'avait pas prononcé dix mots depuis qu'ils étaient sortis du *Bronze*, et il avait quelque chose de bizarre qu'elle n'avait pas remarqué à l'intérieur, avec le bruit et l'absence de lumière.

Au milieu d'une foule qui lui manquait de plus en plus à chaque seconde.

— Il fait sacrément noir, dit-elle, histoire de relancer la conversation.

— C'est la nuit, répondit froidement son compagnon.

— C'est vrai, approuva Willow. Il fait toujours noir, la nuit. Enfin... en général.

Une fois de plus, elle racontait n'importe quoi. Mais son malaise l'emportait sur sa gêne.

Ils continuèrent à marcher en silence. Puis la jeune fille prit de nouveau la parole.

— Je n'arrive pas à croire que je ne t'aie jamais vu au lycée. Tu as M. Chomsky en histoire ?

Son compagnon ne répondit pas. Il s'arrêta brusquement. Willow jeta autour d'elle un regard hésitant.

— Le glacier est par là, du côté de Hamilton Street, dit-elle en tendant un doigt.

Elle sentit le garçon lui prendre la main.

— Je connais un raccourci.

Puis il l'entraîna vers le cimetière, à travers les ténèbres des bois.

*
**

Buffy n'avait toujours pas retrouvé Willow.

De plus en plus inquiète, elle fit le tour du club par-derrière et vit Alex descendre le trottoir, son skateboard coincé sous le bras.

— Tu t'en vas déjà ? demanda le jeune homme, déçu.

Buffy n'était pas d'humeur à se laisser draguer.

— Alex, as-tu vu Willow ?

— Pas ce soir.

— Il faut absolument que je la retrouve. Elle est partie avec un mec.

— Tu es sûr que nous parlons de la même personne ? s'enquit Alex, interloqué. Ouah ! Willow s'est dégoté un petit ami au *Bronze*. J'aurai tout vu !

Ça, c'est ce que tu crois, faillit répondre Buffy. Mais elle n'avait pas de temps à perdre en bavardages.

— Où ont-ils pu aller ?

— Pourquoi, tu sais quelque chose de désagréable au sujet de ce type ? (Alex porta une main à son front et fit mine de réfléchir intensément.) Je sais ! s'exclama-t-il en claquant des doigts. C'est un vampire, et il faut que tu le tues !

Cette fois, il réussit à retenir l'attention de Buffy. A la fois surprise et ennuyée, elle se tourna vers lui pour le dévisager.

— Ne me dis pas que c'était dans le journal de l'école ? Ou aux infos régionales ? Reste-t-il dans cette ville une seule personne qui ignore que je suis la Tueuse ?

— Je sais seulement que tu te *prends* pour une tueuse de vampires, corrigea Alex. J'étais à la bibliothèque quand tu en as parlé avec Giles.

— Peu importe. (Buffy poussa un soupir.) Dis-moi juste où Willow a pu aller.

— Tu es sérieuse, pas vrai ? réalisa Alex.

— Si nous ne la retrouvons pas très vite, il y aura un autre cadavre à Sunnydale demain matin.

Le jeune homme hésita. Observant l'expression sérieuse — *mortellement* sérieuse — de Buffy, il comprit qu'elle ne plaisantait pas.

— Viens.

*
* *

Willow avait dépassé le stade de la nervosité.

Pendant que son compagnon et elle traversaient les bois, elle s'abandonna à une panique silencieuse. Elle ne voyait pas comment elle avait pu se fourrer dans une situation pareille, et encore moins comment elle allait s'en sortir. On aurait dit que son cerveau tournait à vide.

— C'est plutôt effrayant comme coin, lâcha-t-elle enfin. Tu es sûr que c'est un raccourci ?

Le garçon ne répondit pas. Bien qu'elle n'ait guère le sens de l'orientation, son instinct avertissait Willow que ce n'était sans doute pas le chemin du glacier.

Soudain, il s'arrêta, et elle vit qu'ils se tenaient devant un mausolée.

Désorientée, Willow sonda l'entrée béante. Un puits de ténèbres s'ouvrait devant elle ; elle frissonna de la tête aux pieds.

Son compagnon prit enfin la parole.

— Tu as déjà visité un de ces trucs ? demanda-t-il.

Willow tenta d'empêcher sa voix de trembler, soucieuse de rester maîtresse d'elle-même.

— Non, et ça ne me dit rien.

Le garçon s'approcha d'elle et lui repoussa les cheveux en arrière. Il la serra contre lui, beaucoup plus fort et de manière bien plus intime qu'elle n'aurait souhaité.

— Allons, dit-il sur un ton moqueur. De quoi as-tu peur. Une grande fille comme toi ?

Puis il la poussa à l'intérieur du mausolée.

Terrifiée, Willow trébucha et manqua tomber. Elle se rattrapa de justesse ; comme elle n'y voyait rien, elle cligna des yeux plusieurs fois.

Les vampires et autres créatures démoniaques n'auraient pas disparu…

Ils hantent le campus de Sunnydale (Californie) pour propager leur race. Mais voilà, face à eux, sur leur route, il y a Buffy Summers.
Une jeune et belle adolescente de seize ans qui va rapidement découvrir qu'elle est l'Élue qui devra débarrasser le monde des forces du Mal.
À ses côtés, vous allez découvrir dans les pages qui suivent quelques-uns de ses amis.
Giles, le bibliothécaire du campus. Il possède dans sa bibliothèque de nombreux ouvrages qui s'avèreront indispensables à Buffy dans son combat.
Angel, vampire maudit à l'âme humaine et follement aimé de Buffy, devient un formidable allié de la Tueuse. Ses capacités et sa force vampirique se révéleront très utiles.

Buffy contre les vampires c'est déjà 6 titres parus dans la collection *Les Terreurs* de Fleuve Noir et 6 titres à venir en 2000 ainsi qu'un deuxième guide incontournable :

n° 7.	Les chroniques d'Angel 2	(janvier)
n° 8.	La chasse sauvage	(mars)
	Guide Les chroniques de Buffy	(mars)
n° 9.	Les métamorphoses d'Alex	(mai)
n° 10.	Retour au chaos	(juin)
n° 11.	Danse de mort	(septembre)
n° 12.	Loin de Sunnydale	(novembre)

Les Terreurs, une collection sang pour sang Fleuve Noir.

Prix du guide : 119 FF   **Prix des romans : 30 FF**   À paraître en mai

Sarah Michelle Gellar

Buffy contre les vampires

NÉE LE : 14 avril 1977, à New York, Manhattan

SIGNE ASTROLOGIQUE : Bélier.

SON PERSONNAGE : Buffy Summers, une lycéenne américaine de 16 ans.

À la naissance, elle a reçu le don de combattre les vampires. Elle va donc tâcher de sortir victorieuse de cette lutte contre toutes les forces du Mal.

Un petit détail : Buffy est amoureuse de l'un de ces monstres, mais celui-ci est un gentil vampire.

SES QUALITÉS : l'indépendance et la maturité.

SES DÉFAUTS : quelquefois un peu trop discrète à son sujet.

CE QU'ELLE AIME : le shopping, faire du patin à glace et de la plongée. Son plat préféré : les pâtes.

CE QU'ELLE DÉTESTE : l'hypocrisie.

SES DÉBUTS : À l'âge de 4 ans, elle a été repérée dans un restaurant et, quelques semaines plus tard, elle commençait le tournage de « An Invasion of Privacy ».

CÔTÉ CŒUR : elle assure n'avoir personne de fixe pour le moment.

© Twentieth Century Fox.

David Boreanaz

NÉ LE : 16 mai 1971.
LIEU DE NAISSANCE : Philadelphie.
SIGNE ASTROLOGIQUE : Taureau.
SON PERSONNAGE : Angel, un vampire âgé de 241 ans. Il connaît un tel succès qu'il a désormais sa propre série, dérivée de « Buffy contre les vampires ». Comme il se doit, elle s'intitulera « Angel ».
SES QUALITÉS : franchise et générosité.
SES DÉFAUTS : vulnérable et sensible
CE QU'IL AIME : la musique (rock'n roll, blues), lire, faire du sport (golf, basket-ball, base-ball).
CE QU'IL DÉTESTE : la bière chaude.
SON PLAT PRÉFÉRÉ : la nourriture italienne et les œufs « Bénédicte ».
SES DÉBUTS : petit ami de Kelly Bundy (C. Applegate) dans la série « Mariés, deux enfants » (1987).
CÔTÉ CŒUR : Il a épousé une certaine Ingrid, séduisante Irlandaise. Mais les jeunes mariés viennent récemment de divorcer.

© Twentieth Century Fox.

TÉLÉ POCHE

Alyson Hannigan

NÉ LE : 24 mars 1974, à Washington DC.
SIGNE ASTROLOGIQUE : Bélier.
SON PERSONNAGE : Willow Rosenberg. Une élève surdouée qui aide souvent Buffy dans ses devoirs et Rupert Giles dans ses recherches. Elle est amoureuse de Alex qui lui préfère Cordelia.
SES QUALITÉS : intelligente, modeste et très extravertie, elle a un grand sens de l'humour.
SES DÉFAUTS : très speed, excessive, bavarde.
CE QU'ELLE AIME : le vélo, la boxe américaine, internet, jouer avec ses chiens et ses chats.
CE QU'ELLE DÉTESTE : la vivisection, les soirées guindées.
SES DÉBUTS : à 4 ans, à Atlanta, dans des pubs télévisées pour Mc Donald's, Oreo Cookies et Six Flags (parc d'attractions), dans les séries : "Picket Fences", "Roseanne" et Touched by an Angel, puis dans son premier film : "My stepmother is an alien", avec Kim Basinger.
CÔTÉ CŒUR : pas de petit ami fixe pour le moment.

© Twentieth Century Fox.

TÉLÉ POCHE

Buffy contre les vampires — 4

Anthony Stewart Head

NÉ LE : 20 février 1954, à Camdentown, près de Londres, en Angleterre.
SIGNE ASTROLOGIQUE : Poissons.
SON PERSONNAGE : Rupert Giles se montre angoissé depuis que Jenny Calendar, dont il était amoureux, a été assassinée par Drusilla, par l'intermédiaire d'Angel.
QUALITÉS : gentil, généreux et attentionné, il est également très intelligent.
DÉFAUTS : a peur du mariage, mais il assure que ce n'est pas un défaut : « Pourquoi vouloir réparer quelque chose qui n'est pas cassé. »
CE QU'IL AIME : il aime la créativité sous toutes ses formes, plus particulièrement l'écriture et la musique.
CE QU'IL DÉTESTE : il déteste le climat londonien, mais aussi la pollution et les embouteillages de Los Angeles.
SES DÉBUTS : il a fait ses débuts de comédien à l'âge de 6 ans, dans la pièce de théâtre « The emperor's new clothes ».
CŒUR : Il vit depuis longtemps avec sa compagne Sarah Fisher et leurs filles, Emily et Daisy.

© Twentieth Century Fox.

Buffy contre les vampires — 5

Charisma Carpenter

NÉE LE : 23 juillet 1970.
LIEU DE NAISSANCE : Las Vegas.
SIGNE ASTROLOGIQUE : Lion.
SON PERSONNAGE : Cordelia Chase. Un personnage pas toujours très sympathique mais dont Alex est follement amoureux.
SES QUALITÉS : très déterminée et persévérante. Elle a notamment appris de sa mère à ne pas prendre les rejets aux auditions pour un rejet de sa personne.
SES DÉFAUTS : parfois trop sage et trop raisonnable.
CE QU'ELLE AIME : les animaux et son chien Sydney, un golden retriever. Les spaghettis.
CE QU'ELLE DÉTESTE : les gens qui lui mentent et les arrivistes.
SES DÉBUTS : dans « Alerte à Malibu ».
CÔTÉ CŒUR : pas de petit ami actuellement mais sait déjà qu'elle veut que l'élu de son cœur « l'aime sincèrement en tant que personne ». Son but serait de se marier et de vivre à l'aise dans une maison de Los Angeles.

© Twentieth Century Fox.

Seth Green

NÉ LE : 8 février 1974, à Overlook Park, près de Philadelphie.
SIGNE ASTROLOGIQUE : Verseau.
SON PERSONNAGE : Oz, ne devait apparaître que pour trois épisodes mais il a eu tellement de succès qu'il est devenu un personnage régulier de la série. On l'a vu plus récemment au cinéma dans "Austin Powers 2".
QUALITÉS : dynamique, drôle, entreprenant.
DÉFAUTS : un peu immature, impatient.
CE QU'IL AIME : ses fans, la bonne musique, notamment Tom Waits.
CE QU'IL DÉTESTE : les gens qui se prennent au sérieux.
SES DÉBUTS : À l'âge de 7 ans, il a tourné diverses publicités télévisées pour John Denver Record. À 8 ans, il jouait dans « Hotel New Hampshire », puis, à 12 ans, dans « Radio Days » réalisé par Woody Allen.
CŒUR : On ne lui connaît aucune petite amie pour le moment. Mais Seth Green a sans doute une grande expérience des conquêtes passagères. Un jour, il a déclaré à la presse : « Dans une relation, il faut savoir rester soi-même, avoir sa vie, car lorsque les choses tournent mal, on peut mieux encaisser le coup. »

Nicholas Brendon

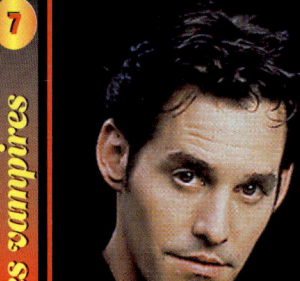

NÉ LE : 12 avril 1971.
LIEU DE NAISSANCE : Los Angeles.
SIGNE ASTROLOGIQUE : Bélier.
SIGNE PARTICULIER : a un frère jumeau, prénommé Kelly.
SON PERSONNAGE : Alex.
SES QUALITÉS : passionné et sensuel.
SES DÉFAUTS : intransigeant et impatient.
CE QU'IL AIME : il aime le basket, le camping, et passer du temps avec sa famille.
CE QU'IL DÉTESTE : il déteste se sentir prisonnier d'une situation, ne pas avoir le temps de faire ce qu'il aime ou vivre dans un espace confiné.
SES DÉBUTS : Nicholas commence sa carrière en tournant des spots télévisés. Après plusieurs apparitions dans « Mariés, deux enfants » et « Les feux de l'amour », il fait ses débuts au cinéma en tant qu'acteur et assistant de production dans «Dave's world».
CÔTÉ CŒUR : il a une petite amie, nommée Wendy, et vit avec son frère à Los Angeles.

La Vampire
de Christopher Pike

La nouvelle série qui va hanter vos nuits

Je m'appelle Alisa Perne. Je suis intelligente, plutôt cultivée et dotée d'un formidable appétit de vivre. J'ai de superbes cheveux blonds et des yeux d'un bleu électrique. Bref, tout pour plaire et pour être heureuse.
Il n'y a qu'un petit problème…
On me donne 18 ans, mais j'en ai plus de 5000.
Et, surtout, je suis une vampire. La dernière de mon espèce.
Et, parfois, je me sens terriblement seule…
Surtout quand un mystérieux ennemi me traque sans relâche, déterminé à me détruire !

La Vampire, une série de 5 romans à paraître en 2000 :

n°1. La promesse (janvier)
n°2. Sang noir (janvier)
n°3. Tapis rouge (mars)
n°4. Fantôme (mai)
n°5. La soif du mal (septembre)

Prix des romans : 30 FF

Nouveautés

Photo Dominique Carton

Fleuve Noir

Les Terreurs, une collection sang pour sang Fleuve Noir.

En quelques lignes, faites connaissance avec "La Vampire" de Christopher Pike

L'auteur

Christopher Pike est l'un des auteurs de terreur les plus populaires aux États-Unis. Sa série «Spooksville» s'est vendue à des millions d'exemplaires dans le monde.

Mêlant horreur absolue, érotisme et frénésie à une action toujours en mouvement, Christopher Pike crée avec *La Vampire* une héroïne qui va hanter vos nuits…

Extrait du premier chapitre de "La promesse"

" Je suis une vampire. Cela, c'est la vérité. Mais ce qui n'est pas l'exacte vérité, c'est la signification moderne du mot vampire, toutes ces histoires qu'on a racontées sur les créatures comme moi. Je ne suis pas réduite en cendre par la lumière du soleil, et la vue d'un crucifix ne me fait nullement reculer;[…] les loups se plaisent en ma compagnie, ainsi que la plupart des prédateurs. […] quant au sang, ah, le sang, le sujet entier me fascine. En plus, j'aime ça, quand ça coule tout chaud et que je suis assoiffée. Et je le suis souvent. […]

Tant que je ne parle pas, je parais avoir seulement dix-huit ans. Il y a cependant quelque chose dans ma voix - la froideur avec laquelle je m'exprime, une certaine intonation trahissant mon expérience infinie des choses et des êtres de ce monde - qui fait dire aux gens que je suis beaucoup plus âgée. […] Mon système immunitaire est inattaquable; mon système régénérateur tient du miracle, si vous croyez aux miracles - ce qui n'est pas mon cas. Je peux recevoir un coup de couteau dans le bras et guérir en quelques instants sans qu'il y ait de cicatrice. […]

Pourquoi est-ce que je raconte tout ça ? À qui est-ce que je parle ? Je jette ces mots, ces pensées, simplement parce que c'est le moment. Le moment de quoi, je l'ignore, et cela n'a pas d'importance […]

L'instant est empreint de mystère, même pour moi. Je suis devant la porte du détective Michael Riley. Il est tard; l'homme est dans son bureau privé au bout du couloir, et il a baissé la lumière - je le sais sans le voir. Le bon M. Riley m'a appelée il y a trois heures pour me dire que je devais venir à son bureau afin qu'on ait une petite conversation à propos de certaines choses qui pourraient m'intéresser. Il y avait comme une note de menace dans sa voix, et autre chose. Bien que je ne sache pas lire dans les esprits, je suis capable de percevoir les émotions. J'éprouve un sentiment de curiosité, là, dans ce couloir étroit qui sent le renfermé. Je suis aussi contrariée, et cela n'augure rien de bon pour M. Riley. Je donne un léger coup à la porte et l'ouvre avant qu'il n'ait le temps de répondre. […] "

Après quelques interminables secondes, la jeune fille distingua enfin une petite salle aux murs de pierre. Une tombe imposante, sur laquelle était sculptée la silhouette d'un homme, occupait le centre.

Derrière Willow se trouvait la porte par où elle était entrée ; en face, elle en aperçut une autre, plus petite, qui semblait verrouillée.

La jeune fille fit volte-face. Son compagnon se découpait dans l'encadrement de la porte, lui barrant la route.

Les battements du cœur de Willow résonnaient douloureusement à ses oreilles.

— Ce n'est pas drôle, dit-elle en s'efforçant de garder son calme.

Mais elle était au bord des larmes.

Au lieu de répondre, le garçon s'approcha d'elle, le visage dissimulé par des ombres. Willow fit un pas sur le côté, espérant bondir vers la porte.

— Je crois que je vais rentrer, déclara-t-elle.

— Ça m'étonnerait beaucoup.

La voix du garçon était dure et froide.

Elle comprit qu'il ne plaisantait pas. Sentant le danger, elle recula d'un pas, puis pivota et poussa un cri en heurtant Darla, qui venait d'entrer.

Celle-ci observa d'abord Willow, puis son compagnon, comme si elle évaluait la situation.

— C'est tout ce que tu as trouvé ? railla-t-elle.

— Elle est fraîche, répondit le garçon, sur la défensive.

— Mais il n'y a pas grand-chose à manger dessus, répliqua Darla.

— Tu n'avais qu'à apporter ta nourriture !
— C'est ce que j'ai fait.

Darla indiqua la porte. Sous le regard effrayé de Willow, un Jesse à l'air très confus entra.

— Attends-moi, dit-il d'une voix pâteuse.
— Jesse !

Willow se précipita vers lui. Jamais elle n'avait été aussi heureuse de le voir. Mais le jeune homme se tenait le cou, et il avait l'air un peu fiévreux. Il ne sembla pas s'apercevoir de sa présence.

— Je crois que tu m'as fait un suçon, déclara-t-il à l'attention de Darla.

La jeune fille continua à l'ignorer.

Quand il retira sa main, Willow vit le sang qui maculait les doigts de Jesse, et coulait le long de sa gorge. Elle se figea un instant puis, les yeux écarquillés, se tourna vers les deux silhouettes debout derrière elle.

Darla haussa les épaules.

— J'ai eu un petit creux en route, expliqua-t-elle.

Willow passa un bras sous ceux de Jesse et essaya de l'entraîner.

— Il faut sortir d'ici !
— Vous n'irez nulle part, avertit Darla.
— Fichez-nous la paix ! cria Willow.

Darla fondit sur elle si rapidement qu'elle n'eut pas le temps de reculer.

— Vous n'irez nulle part, répéta la vampire, jusqu'à ce que nous nous soyons nourris !

En crachant son dernier mot, elle se pencha vers Willow. Sous le regard horrifié de la jeune fille, son visage se transforma en un masque grotesque :

peau en lambeaux, chair pourrissante, crocs acérés et rictus maléfique.

Willow poussa un hurlement. Elle fit un pas en arrière, heurta quelque chose et tomba. A travers le brouillard de sa terreur, elle vit son compagnon éclater de rire et s'approcher d'elle, ses traits devenus aussi laids que ceux de Darla.

Willow comprit qu'elle allait mourir. Elle regarda les créatures fondre sur elle, dardant des griffes pareilles à des rasoirs. Un filet de bave coulait au coin de leurs lèvres, leurs yeux brillant d'une lueur affamée.

Quand une voix s'éleva derrière elle, elle crut que la peur la faisait délirer.

Ça ne pouvait pas être vrai.

— Vous avez l'air de bien vous marrer !

Buffy entra dans le mausolée, Alex sur les talons.

Tous les occupants de la pièce se figèrent.

— La déco est un peu sommaire, dit la jeune fille en balayant les murs du regard, mais il suffirait d'une bonne couche de peinture et de quelques coussins pour en faire un vrai petit nid d'amour.

— Qui diable es-tu ? grogna Darla.

— Tu veux dire que quelqu'un n'est pas encore au courant ? s'exclama Buffy. Comme je suis soulagée ! Je vais te dire un truc : protéger son identité secrète à Sunnydale, c'est pas de la tarte.

Pendant que la jeune fille détournait leur attention, Alex avança entre les deux vampires. Rien n'avait préparé les créatures à cette apparition ; intriguées, elles lâchèrent Willow et Jesse.

— On se casse, Buffy, chuchota Alex.

Mais le vampire mâle se reprit.

— Pas encore, lâcha-t-il.

— Comme tu veux, concéda Buffy. (Une pause.) Dis-moi, où as-tu pêché cette tenue ? Tu ressembles à DeBarge. (Elle se tourna vers Darla et ajouta sur un ton dégagé :) On peut régler ça en usant de la manière forte, ou... Non, en réalité, il n'y a que la manière forte.

La vampire ne se laissa pas démonter.

— Ça me va.

— Tu en es sûre ? insista Buffy. Ça ne sera pas beau à voir : coups et blessures, insultes explicites, images réservées aux adultes...

Elle n'avait pas fini sa phrase quand le vampire mâle attaqua par-derrière à une vitesse surprenante. D'un mouvement gracieux, Buffy sortit un pieu de sous sa veste et le tendit dans son dos.

On entendit un bruit mou quand le vampire s'empala sur le bois. Il s'immobilisa, les yeux écarquillés de surprise, puis s'effondra sur le sol.

Buffy ne lui avait même pas jeté un regard.

Au moment où il toucha la terre, son corps tomba en poussière.

— Tu vois ce qui arrive aux vampires désobéissants ? lança Buffy à l'attention de Darla.

Alex et Willow avaient perdu l'usage de la parole. Ils ne pouvaient que fixer les dalles de pierre où un cadavre gisait quelques secondes plus tôt.

Quant à Darla, elle semblait sur ses gardes mais pas vraiment intimidée. Elle contourna lentement Buffy, se préparant à frapper.

— Il était jeune, cracha-t-elle. Et stupide.
— Alex, fiche le camp ! ordonna Buffy.
— Ne t'éloigne pas trop, susurra Darla.

Sans crier gare, elle plongea sur son adversaire. Buffy l'attendait. Elle para chacun de ses coups avec la précision née de sa pratique des arts martiaux pendant qu'Alex faisait sortir leurs camarades.

Ils s'élancèrent dans les bois, Alex et Willow portant à moitié le pauvre Jesse. Personne n'osait parler. Ils n'arrivaient pas encore à croire ce qu'ils avaient vu dans le mausolée.

Buffy... la Tueuse...

*
* *

Touchée à l'estomac, Darla s'effondra en grognant. Buffy ne plaisantait plus. Haletante, couverte de sueur, elle posa un pied sur la poitrine de la vampire et fronça les sourcils.

— Et moi qui voulais tout recommencer à zéro, dit-elle, furieuse. Etre comme toutes les filles de mon âge ; avoir des amis, un petit copain... peut-être même un chien. Mais il a fallu que vous veniez ici au lieu de persécuter les habitants d'une autre ville.

— Qui es-tu ? grogna Darla en levant vers elle un regard haineux.

— Tu ne sais pas ?

Avant que Buffy puisse éclairer son adversaire, une paire de mains la saisirent par le cou et la soulevèrent lentement.

— Non, et je m'en moque, dit Luke.

Elle ne l'avait pas senti venir. Tandis qu'il sortait de l'ombre, sa silhouette massive donna à Buffy l'impression d'être toute petite et insignifiante. Consternée, la jeune fille réalisa que les probabilités venaient de se retourner contre elle.

Sans effort, Luke la projeta cinq mètres plus loin. Elle atterrit brutalement, son crâne heurtant le mur.

Luke se tourna vers Darla, qui luttait pour se relever.

— Tu devais apporter une offrande au Maître, la réprimanda-t-il. La Moisson approche, et tu perds ton temps avec cette gamine ?

— Nous avions quelqu'un, dit Darla pour se défendre. Mais elle est venue et... elle a tué Thomas. Luke, elle est très forte.

— Va-t'en, cracha le vampire, méprisant. Moi, je m'occupe de la fillette.

Buffy était encore en train de rassembler ses esprits quand Luke se pencha sur elle. Il pensait qu'elle serait étourdie, mais elle ne se laissa pas prendre par surprise.

Elle repoussa les bras tendus du vampire et lui décocha un coup de pied à la tête.

Luke recula à peine et riposta en flanquant un coup de poing dans la mâchoire de la jeune fille.

— C'est vrai, tu es très forte, concéda-t-il en la plaquant à terre. (Il éclata d'un rire rauque.) Mais pas autant que moi.

Buffy n'avait aucune intention d'abandonner. Elle se tortilla pour se dégager, bondit sur ses pieds et tourna lentement autour de la tombe, afin qu'elle lui serve de bouclier contre Luke.

— Tu me fais perdre mon temps, déclara le vampire.

— Moi aussi, j'avais d'autres plans pour la soirée, répliqua Buffy.

Luke empoigna la plaque de marbre de la tombe, la souleva et la jeta vers la jeune fille.

Celle-ci sauta pour éviter le projectile. Vive comme l'éclair, elle planta ses deux pieds dans la poitrine du vampire.

Ils tombèrent tous les deux, mais Buffy fut la première à se relever. Elle saisit son pieu et voulut l'enfoncer dans le cœur de Luke.

La main du monstre se referma sur l'arme au moment où elle allait frapper.

— Tu crois vraiment pouvoir m'arrêter ? gronda le vampire, le visage déformé par la rage. Tu crois vraiment pouvoir *nous* arrêter ?

Il serra le poing et le pieu se brisa comme une vulgaire allumette. Puis il flanqua un coup de pied à Buffy, la forçant à reculer.

— Tu n'as aucune idée des forces que tu affrontes, ricana-t-il.

Il avança vers la jeune fille, l'acculant dans un coin du mausolée.

Victorieux, il récita le texte sacré.

— Et telle une épidémie, la race humaine se répandit à la surface de la Terre. Mais le troisième jour de la nouvelle lumière sera celui de la Moisson...

Buffy oscillait au bord de l'inconscience. Sa tête tournait ; des images se bousculaient dans son esprit embrumé.

Elle voyait Giles debout dans sa bibliothèque, feuilletant ses grimoires avec une consternation grandissante. Il observait une page où un dessin illustrait un massacre particulièrement vicieux.

— ... Le jour où le sang des hommes coulera à flots comme le vin, continua Luke.

Les personnages agonisaient dans une mare écarlate ; parmi eux se tenait une créature occupée à se nourrir sur le corps d'une femme. Une étoile à trois branches était gravée sur son front.

— ... Le jour où le Maître marchera de nouveau parmi eux.

Tandis que Luke continuait sa litanie, l'image fut soudain remplacée par les ruines d'une vieille église. Buffy sentit le danger qui émanait d'une silhouette enveloppée de ténèbres.

— ... Alors, le monde appartiendra aux Anciens, récita Luke.

*
* *

Willow, Alex et Jesse se hâtaient dans la forêt.

— Il faut prévenir la police, haleta la jeune fille. Le commissariat est à quelques pâtés de maisons...

Sa voix se brisa. Les trois jeunes gens s'immobilisèrent, le désespoir s'inscrivit sur leur visage.

Trois vampires leur bloquaient le chemin. Ils reculèrent pour se rendre compte que Darla était derrière eux...

*
* *

Buffy se força à ouvrir les yeux. Elle se redressa lentement, sans quitter Luke du regard.

— ... Et l'enfer se déchaînera en ville, acheva le vampire.

Buffy tenta de plonger sous son bras, mais il fut plus rapide qu'elle et la frappa. Incapable de résister, elle vola en arrière et atterrit dans la tombe ouverte.

Le souffle coupé, elle tourna la tête et aperçut le cadavre décomposé allongé à côté d'elle.

Buffy comprit que ses blessures étaient sérieuses. Elle ne voyait plus Luke ; elle avait beau plisser les yeux et se concentrer, elle ne distinguait rien d'autre que les parois humides de la tombe.

Il pourrait être n'importe où, songea-t-elle.

Elle souleva la tête à grand-peine. Jamais elle n'avait eu aussi peur. Luke était un adversaire coriace. Prudemment, elle jeta un coup d'œil par-dessus le bord de la tombe.

Rien.

Juste le silence.

Le cœur battant à tout rompre, Buffy voulut regarder de l'autre côté.

Alors, Luke jaillit de nulle part et poussa un rugissement de triomphe bestial. Emplissant son champ de vision, il se jeta dans la crypte.

Buffy tenta de le repousser, mais il la maîtrisa sans effort. Puis il s'immobilisa pour la contempler avec une jouissance animale.

Un filet de salive coula sur son menton et glissa sur la joue de Buffy.

— Amen, dit-il.

Il se pencha vers la jeune fille.

CHAPITRE XI

A travers le brouillard de sa terreur, Buffy distinguait le visage monstrueux de Luke, ses lèvres qui découvraient des gencives pourries, ses crocs qui se rapprochaient de son cou.

Elle se débattit avec l'énergie du désespoir, mais il était beaucoup plus fort qu'elle et très lourd.

De ses ongles semblables à des griffes, Luke déchira la brassière de la jeune fille, révélant sa gorge nue. Buffy eut un hoquet et se raidit, attendant la morsure qui ne manquerait pas de suivre. Mais Luke poussa un glapissement et bondit en arrière.

Interloquée, Buffy leva la tête. De la fumée s'élevait de la main de Luke, qui étudiait sa paume, la stupéfaction et la fureur se mêlant dans son regard.

Buffy baissa les yeux sur sa gorge et aperçut la petite croix d'argent dont le mystérieux inconnu lui avait fait cadeau plus tôt dans la soirée. Au cours de sa lutte avec le vampire, le bijou avait glissé de la poche de sa chemise et était entré en contact avec sa chair.

Buffy ne perdit pas de temps. Avec une énergie féroce, elle poussa sur ses deux jambes pour décocher une ruade à Luke. Le vampire tomba en arrière ; avant qu'il puisse se relever, elle bondit hors de la tombe et s'élança vers la porte.

Ce combat l'avait laissée dans un sale état — pire qu'elle l'aurait cru, réalisa la jeune fille. En courant vers les bois, elle prit conscience qu'elle avait des vertiges, que ses jambes lui semblaient faites de caoutchouc et qu'un poids comprimait sa poitrine.

Elle slaloma entre les tombes aussi vite que le lui permettait sa condition physique. Quand elle atteignit la lisière des arbres, elle s'arrêta pour jeter un coup d'œil par-dessus son épaule, vers le mausolée.

Personne.

Elle était seule. Luke ne l'avait pas suivie ; même les ombres restaient immobiles.

Puis elle entendit crier Willow.

— Non ! Noooon ! Ne me...

Buffy s'élança pour porter secours à son amie.

Quand elle arriva, elle découvrit Willow à terre, tentant de se débattre entre les griffes d'un vampire qui la toisait d'un air impitoyable. Il allait lui plonger ses dents dans le cou quand Buffy se montra.

Surpris, il leva les yeux.

C'était tout ce que demandait la jeune fille.

D'un coup de pied, elle projeta la créature quelques mètres plus loin. Son adversaire poussa un grognement de douleur et se releva avec difficulté.

Portant une main à son nez, il tenta de s'éloigner.

La jeune fille s'immobilisa le temps de reprendre son souffle. Tous les sens en alerte, elle balaya les environs du regard. Un craquement de brindilles lui parvint aux oreilles, suivi par des protestations étouffées.

Buffy se remit en chasse, abandonnant Willow qui s'était assise sur le sol, les yeux encore écarquillés de terreur. Quand elle parvint à se relever, elle emprunta le même chemin que sa camarade.

Buffy ne mit pas longtemps à découvrir ce qu'elle cherchait. Deux vampires tenaient Alex, le traînant sur le sol.

Sentant une présence ennemie derrière eux, ils se retournèrent lentement.

Au lieu de Buffy, ce fut la silhouette élancée de Willow qui apparut entre les arbres. Réalisant le danger mortel que courait Alex, la jeune fille parut se transformer.

Son expression se fit menaçante.

Les vampires pivotèrent à nouveau, mais Buffy leur barrait la route. Elle n'eut pas de mal à les mettre au tapis. Deux coups de poing bien placés et ils s'effondrèrent...

... Avant de se relever et de filer sans demander leur reste.

Malheureusement pour eux, ils ne furent pas assez rapides.

Buffy tendit le bras vers une branche, la cassa et la brandit comme un pieu. Elle rattrapa une des créatures et la transperça proprement tandis que l'autre prenait ses jambes à son cou.

Willow se précipita vers Alex et s'accroupit près de lui. Elle souleva doucement la tête du jeune homme pour la poser sur ses genoux. A son grand soulagement, il respirait encore. Il cligna des yeux à plusieurs reprises et, découvrant son amie, fronça les sourcils.

— Ça va, Alex ? demanda Willow.

— Je ne sais pas trop... (Il semblait désorienté.) J'ai reçu un coup sur la tête, et...

Buffy se rapprocha d'eux.

— Où est Jesse ? s'enquit-elle d'une voix tendue.

Willow réalisa que le jeune homme avait disparu.

— Je ne sais pas. Ces monstres nous ont entourés, et il était vraiment très faible...

— La fille l'a attrapé, marmonna Alex. Elle est partie avec lui.

— Par où ? le pressa Buffy.

Le jeune homme secoua la tête.

— Je n'ai pas vu.

Buffy affûta ses perceptions et sonda les ténèbres en se concentrant.

Rien.

Elle sentit son cœur se serrer.

— Jesse, murmura-t-elle.

CHAPITRE XII

Le lendemain matin, les choses ne se présentaient guère mieux.

Malgré le calme qui régnait dans la bibliothèque du lycée, un lourd malaise planait dans l'air. Personne n'avait dormi de la nuit, et Jesse n'était toujours pas réapparu.

Buffy ne se souvenait pas d'avoir eu aussi mal. Tous les muscles de son corps protestaient contre le traitement qu'on leur avait infligé et son cerveau fonctionnait au ralenti. Comme elle n'avait pas voulu montrer ses blessures à sa mère pour ne pas l'inquiéter, elle fouillait l'armoire à pharmacie de Giles à la recherche de bandages.

Pendant ce temps, appuyé à la rambarde du second niveau, le bibliothécaire s'efforçait de fournir à Alex et à Willow une explication sur les événements de la veille.

— Le monde est bien plus ancien que vous ne le pensez, dit-il solennellement, faisant tourner une mappemonde pour souligner ses propos. Et contrairement à ce qu'affirme la mythologie populaire, ce n'était pas un paradis au début.

Pendant une éternité, il fut le domaine de démons qui en avaient fait leur enfer.

Willow et Alex écoutaient de toutes leurs oreilles, l'air aussi grave que Giles.

— Puis les démons ont perdu leur emprise sur cette réalité, laissant la place aux créatures mortelles, continua le bibliothécaire en descendant les marches, les bras chargés de livres. Aux animaux et à l'homme. Tout ce qu'il reste des Anciens, aujourd'hui, n'est que vestiges. Un peu de magie...

— Et quelques vampires, ajouta Buffy.

Elle sortit du bureau de Giles, nouant un bandage autour de son avant-bras. Alex se leva, en proie à une agitation évidente.

— C'est là que j'ai un problème, avoua-t-il. Nous sommes en train de parler de *vampires*. Des créatures inventées de toutes pièces.

Il fronça les sourcils.

— C'est bien ce que nous avons vu la nuit dernière, non ? intervint Willow.

Buffy secoua la tête.

— Ce n'étaient pas des vampires ! Juste quelques voyous qui auraient salement besoin d'un chirurgien esthétique. A moins qu'ils n'aient eu la rage... Et ce type qui est tombé en poussière... Vos yeux vous ont sans doute joué des tours.

Elle regarda Alex, l'air compatissant.

— En tout cas, c'est ce que j'ai pensé la première fois que j'en ai vu. Enfin, après ma crise de nerfs.

— Oooh, gémit Willow. Il faut que je m'assoie.

— Tu es déjà assise, lui rappela Buffy.
— Ah. Tant mieux pour moi.
— Alors, les vampires sont des démons ? insista Alex.

Giles tenta de lui donner une explication.

— D'après ce que j'ai lu, le dernier démon qui a quitté notre réalité s'est nourri d'un humain et a mêlé leur sang, infectant le corps du mortel avec son âme immortelle.

Le bibliothécaire tendit à Alex un gros volume.

— La créature a mordu d'autres êtres pour se nourrir et se reproduire. C'est ainsi que le fléau s'est répandu sur Terre. Depuis, les vampires attendent que les animaux disparaissent et que les Anciens reviennent.

*
* *

Au même moment, deux vampires regagnaient leur antre.

Très loin sous terre, là où les rayons du soleil ne parvenaient jamais, Luke et Darla poussaient Jesse le long du tunnel obscur conduisant à leur sanctuaire. Le jeune homme titubait entre eux ; il reprenait peu à peu ses esprits. Quand ses yeux furent accoutumés aux ténèbres, la panique le gagna.

Il regarda les visages inhumains des monstres qui l'encadraient, puis le passage qui s'étendait devant eux. On eût dit un vieux tuyau, énorme et rongé par la moisissure.

Jesse sentit que Luke et Darla lui faisaient descendre des marches. Puis ils le jetèrent sur des dalles froides et humides.

Il écarquilla les yeux. *Une église ?* Ça y ressemblait beaucoup ; pourtant, chaque fibre de son corps lui criait que c'était un endroit maléfique et perverti.

Le jeune homme regarda autour de lui, une stupéfaction respectueuse se mêlant à sa peur. Il se tenait au pied d'une sorte d'autel où s'étendait une mare de sang.

Quelque chose remua dans les ténèbres. On aurait cru que les ombres se rassemblaient et se solidifiaient pour former une silhouette qui avança lentement vers Jesse.

Le Maître toisa ses serviteurs d'un regard froid et impérieux. Ses yeux se posèrent sur Jesse.

— Que m'apportez-vous ?

— Une offrande, Maître, répondit humblement Luke.

— De premier choix, ajouta Darla. Son sang est pur.

Un silence.

— Tu y as goûté, constata calmement le Maître.

Réalisant son erreur, Darla fit un pas en arrière. Le Maître lui adressa un sourire doucereux.

— Tu me traites comme ton chien, me donnant les reliefs de ton repas.

— Je ne voulais pas..., balbutia Darla.

Le Maître lui coupa la parole.

— J'ai attendu pendant trois cents ans. Trois longs siècles ! Pendant que vous alliez et veniez, j'étais prisonnier de ce tombeau. (Sa voix augmentait progressivement de volume.) De ce lieu saint. Aujourd'hui, mon ascension est proche.

Il se tut et prit le visage de Darla entre ses mains.

— Quand elle viendra, cria-t-il, prie pour que je sois de meilleure humeur !

— Pardonnez-moi, Maître, supplia Darla. Nous avions apporté d'autres offrandes, mais il y a eu un problème. Cette fille est arrivée...

Luke hocha la tête.

— C'est vrai. Elle se battait bien et elle connaissait les faiblesses de notre race. Il est possible que nous ayons affaire à...

Le Maître se tourna vers lui.

— La Tueuse ?

*
* *

— ... La Tueuse, acheva Giles.

— Qu'est-ce que ça signifie ? interrogea Alex.

— Depuis que les vampires existent, cita le bibliothécaire, il y a toujours eu une Tueuse. Une seule fille dans le monde...

— Il adore ce passage, coupa Buffy.

Vexé, Giles lui jeta un regard peu amène.

— Très bien, très bien. La Tueuse chasse les vampires, quand elle meurt, une autre apparaît, Buffy est l'élue de votre génération. Surtout n'en parlez à personne, débita-t-il à toute allure. (Il s'arrêta et respira.) Je pense que c'est tout ce que vous avez besoin de savoir pour le moment.

— Vous oubliez une chose. Comment fait-on pour les tuer ? demanda Alex.

— Ça, c'est mon boulot, répliqua Buffy.

— Mais Jesse...

— Je m'en occupe. Après tout, c'est ma faute s'ils l'ont emmené.

Alex fronça les sourcils.

— C'est faux.

— Si tu n'étais pas intervenue, ajouta loyalement Willow, ils nous auraient... emmenés aussi. (Puis, d'une petite voix :) Ça vous choque si je m'évanouis ?

— Respire à fond, ordonna Buffy.

Willow acquiesça.

— Je respire, murmura-t-elle.

— C'est bien. (Buffy se tourna vers Giles.) Ce type, Luke... Il a parlé d'une offrande au Maître. Je ne sais pas de quoi ou de qui il s'agit, mais s'ils n'avaient pas seulement l'intention de se nourrir, Jesse est peut-être encore en vie. Je dois le retrouver.

— Je sais que c'est une question idiote, intervint Willow, calmée, mais ne devrions-nous pas avertir la police ?

— Personne ne croirait une histoire pareille ! protesta Giles. Regarde le mal que tu as eu, alors que tu as vu une demi-douzaine de vampires hier soir !

— Nous ne sommes pas obligés de dire que ce sont des vampires, insista la jeune fille. Juste qu'ils ont enlevé Jesse.

Buffy secoua la tête.

— A supposer qu'ils lancent une enquête et qu'ils retrouvent Jesse, les flics ne seront pas de taille à lutter contre ses geôliers. Que pourraient-ils faire avec des revolvers ?

— Tu ne sais pas où ils ont emmené Jesse ? demanda Giles.

— J'ai fureté dans les environs, mais en sortant des bois, ils ont pu... (Buffy balaya l'air de la main.) Vooom !

Alex écarquilla les yeux.

— Ils volent ?

— Non, mais ils savent conduire.

— Oh !

— Je ne me souviens pas d'avoir entendu une voiture, objecta Willow.

— Fions-nous à notre intuition et supposons qu'ils l'ont emmené sous terre, suggéra Giles.

— Les vampires adorent les égouts, renchérit Buffy. Ça leur permet d'accéder à tous les endroits de la ville sans s'exposer aux rayons du soleil. Mais je n'ai pas vu de bouche d'égout dans les parages du cimetière.

Alex haussa les épaules.

— Les conduits électriques... Il y en a partout sous nos pieds.

Giles réfléchit.

— Si nous avions un schéma de ces tunnels, nous pourrions déterminer leur lieu de rencontre. Mais où trouver ça ? Au cadastre, peut-être...

— Nous n'avons pas le temps, objecta Buffy.

— Il y a un autre moyen, intervint timidement Willow.

CHAPITRE XIII

— La Tueuse... (Le Maître marqua une pause.) En as-tu la preuve ?

— Je me suis battu contre elle et elle a survécu, grogna Luke. Ça me suffit.

— Tu as peut-être raison, concéda le Maître. Ça fait longtemps que ça ne t'était pas arrivé.

— Depuis l'an 1843, précisa Luke. C'était à Madrid, et elle m'avait surpris pendant mon sommeil.

Le Maître hocha la tête.

— Il ne faut pas qu'elle gêne la Moisson.

— Je ne la laisserai pas faire.

— Ne t'inquiète pas. Je pense qu'elle viendra à nous. (Voyant l'air interrogateur de Luke et de Darla, le Maître expliqua :) Nous détenons quelque chose qu'elle veut. Si elle est bien la Tueuse, elle devinera que le garçon est toujours en vie, et elle essaiera de le délivrer.

Luke se dirigea vers Jesse, un sourire hideux sur les lèvres.

— Je te prenais pour un simple casse-croûte, mon gars ! gloussa-t-il. Félicitations : tu viens d'être promu au rang d'appât.

*
* *

Conformément à la prédiction du Maître, Buffy était en train d'organiser le sauvetage de Jesse.

— La voilà, dit-elle avec satisfaction.

Tout le monde était rassemblé autour de Willow, assise devant l'ordinateur de la bibliothèque. Une carte complète des circuits électriques de la ville venait de s'afficher sur l'écran.

— Ce conduit passe sous le cimetière, expliqua la jeune fille.

Alex secoua la tête.

— Je ne vois aucun accès.

— Comment se fait-il que ces plans soient à la disposition du public ? demanda Giles, perplexe.

— En fait... (Willow baissa la tête, l'air honteux.) Je suis tombée dessus par hasard... en craquant le code de sécurité de la mairie.

Alex sourit.

— Alors, on se dévergonde ?

— De toute façon, soupira Buffy après un rapide examen du schéma, je n'ai pas l'impression qu'il nous servira à grand-chose...

Elle semblait de plus en plus découragée.

— Cesse de culpabiliser, lui recommanda Giles.

La jeune fille se tourna vers lui.

— N'est-ce pas toi qui m'as dit que j'étais insuffisamment préparée ? Eh bien, tu étais au-dessous de la vérité. Je croyais maîtriser la situation, mais il a suffi que ce Luke surgisse de nulle part...

Elle s'interrompit abruptement.

Alex leva les yeux vers elle.

— Qu'y a-t-il ?

Le regard dans le vague, Buffy se remémorait les scènes de la veille.

— Non ! Il n'a pas surgi de nulle part, déclara-t-elle, tout excitée. Il est arrivé *derrière* moi. J'étais face à l'entrée, je ne l'ai pas vu approcher, et il ne m'a pas suivie dehors quand je me suis enfuie.

Elle dévisagea ses trois compagnons.

— L'accès aux tunnels est à l'intérieur du mausolée ! conclut-elle triomphalement.

Giles se redressa.

— Tu en es sûre ?

— La fille a dû rebrousser chemin avec Jesse pendant que je les cherchais dehors, continua Buffy sans répondre. Ce que je peux être stupide, parfois !

— Alors, quel est le plan ? s'enquit Alex, prêt à agir. On saute tous en selle ?

— Il n'y a pas de « on » qui tienne, corrigea Buffy. C'est moi, la Tueuse.

— Je me doutais que tu finirais par nous le jeter à la figure, grommela le jeune homme.

— Alex, ça va être très dangereux.

— Je vois... Tu me prends pour un minus. Rien de grave. Je ne suis pas vexé du tout.

Alex tourna le dos à Buffy et s'éloigna. Willow lui lança un regard plein de sympathie et entreprit de plaider sa cause auprès de leur amie.

— Buffy, ce n'est pas que je me réjouisse de retourner dans cet horrible endroit, mais je veux t'aider aussi. J'en ai besoin.

— C'est moi qui vais avoir besoin de toi, déclara Giles. J'ai fait des recherches au sujet de la Moisson. Ça semble être une sorte de massacre organisé. Des fleuves de sang, l'enfer sur Terre... Rien de très drôle. Mais je n'ai pas pu obtenir de détails, et je me disais que tu saurais peut-être les extorquer à ce satané réseau.

Les deux filles lui jetèrent un regard perplexe.

— La formulation était trop raffinée pour vous, c'est ça ? grogna Giles.

Buffy sourit.

— Bienvenue dans le Nouveau Monde.

— Je voudrais que tu cherches des informations sur Internet, traduisit Giles.

— Oh ! (Le visage de Willow s'éclaira.) Bien sûr, je peux faire ça. Pas de problème.

— Dans ce cas, je pars tout de suite, annonça Buffy. Si Jesse est toujours vivant, je le ramènerai.

Giles fit un pas vers elle ; son expression s'adoucit.

— Inutile de te recommander d'être prudente.

— Inutile, en effet. J'ai déjà une mère, railla Buffy. (Une pause.) Mais merci de t'inquiéter pour moi.

Sur ce, elle sortit.

Elle traversa le campus et courut vers le portail.

Il était grand ouvert, mais avant qu'elle le franchisse, M. Flutie apparut derrière elle.

— Où croyez-vous aller comme ça, Mlle Summers ?

Buffy ouvrit de grands yeux innocents.

— Qui, moi ?

Le proviseur lui jeta un regard sévère.

— Vous n'alliez pas quitter le lycée pendant les cours ?

— Bien sûr que non ! Je ne faisais... qu'admirer la clôture. Un travail remarquable.

— Parce que si vous quittiez le lycée pendant les cours, lors de votre deuxième jour ici, après avoir été renvoyée par un autre établissement pour délinquance juvénile... (M. Flutie marqua une pause.) Vous voyez où je veux en venir ?

Buffy chercha désespérément une excuse.

— M. Giles ! s'exclama-t-elle soudain.

— Pardon ?

— Il m'a demandé d'aller lui acheter un livre, expliqua la jeune fille, parce que j'avais un trou dans mon emploi du temps et que j'adore lire. C'est marqué dans mon dossier, non ?

M. Flutie la dévisagea.

— M. Giles ?

— Demandez-lui.

Le proviseur contourna Buffy, ferma le portail et le verrouilla.

— C'est peut-être ainsi qu'on fait les choses en Angleterre. Après tout, il est difficile de leur en vouloir avec tous les problèmes que connaît la famille royale. Mais à Sunnydale, personne ne quitte le campus pendant les cours. C'est compris ?

— Oui, monsieur, répondit Buffy avec un sourire contrit.

— Ça, c'est le genre de jeune fille que j'aime avoir dans mon lycée. Quelqu'un de raisonnable, avec les pieds sur terre.

Le proviseur se détourna et s'en fut.

Restée seule, Buffy contempla ses pieds un instant.

Un fort joli spectacle...

Après s'être assurée que M. Flutie ne faisait plus attention à elle, elle sauta la clôture et atterrit souplement de l'autre côté.

*
* *

Quittant la bibliothèque, Alex et Willow s'engagèrent dans le couloir.

La cloche avait sonné depuis une minute et les élèves se pressaient déjà vers les salles de classe.

— Meurtres, mort, massacre, marmonna Willow, qui dressait une liste dans son calepin en marchant. Quoi d'autre ?

— Paranormal, phénomène inexpliqué, suggéra Alex. Tu as noté les catastrophes naturelles ?

La jeune fille acquiesça.

— Tremblement de terre, inondation...

— Pluie de grenouilles.

— Je l'ajoute.

Alex secoua la tête.

— J'ai du mal à croire ce que je raconte, soupira-t-il. S'il y avait eu une pluie de grenouilles, tu crois vraiment qu'ils en parleraient dans le journal ?

Willow haussa les épaules.

— Ça ne coûte rien d'essayer. Je vais l'ajouter aux paramètres de recherche. S'il en est fait mention, le serveur me l'indiquera.

— Pendant que je resterai les bras ballants comme l'idiot du village, marmonna Alex, déconfit.

— Juste les bras ballants, pas comme l'idiot du village, le réconforta Willow. Buffy ne veut pas qu'il t'arrive du mal. (Elle lui coula un regard et ajouta d'une toute petite voix :) Moi non plus, d'ailleurs.

Ils s'arrêtèrent devant la salle où Willow avait cours.

— C'est tellement soudain, soupira Alex en se passant une main dans les cheveux. Hier, mon seul souci, c'était la prochaine interro de maths. Aujourd'hui, je vis dans un monde peuplé de vampires... Monstre pour monstre, je préférais encore mon prof !

— Je sais, fit Willow en regardant les autres élèves. Dire que pour tout le monde, c'est une journée ordinaire.

— On est les seuls à savoir. Comme si on avait un secret.

— Je crois que c'est le principe du secret : connaître un truc que les autres ignorent.

Alex ne releva pas l'ironie de la jeune fille.

— Tu as raison, dit-il distraitement. Bon, tu ferais mieux d'aller en cours.

— Toi aussi.

— Je sais.

— Tout se passera bien. Buffy est de taille à se défendre contre ces monstres.
— Je le pense aussi...
Au fond de leur cœur, ni l'un ni l'autre n'y croyaient vraiment.

CHAPITRE XIV

Buffy traversa le cimetière et se dirigea vers le mausolée.

Malgré la chiche lumière qui entrait par la porte, il faisait presque aussi noir dans la crypte que la nuit précédente. La jeune fille avança sur la pointe des pieds, guettant le moindre mouvement. Tous ses sens lui signalaient une présence, mais les ombres ne révélaient rien.

Elle atteignit la petite porte métallique du fond et tenta de l'ouvrir. Sans succès.

Elle baissa le bras et prit une longue inspiration. Puis, sans se retourner, elle demanda :

— Tu n'aurais pas la clé, par hasard ?

Personne ne répondit.

Mais son mystérieux « ami » sortit de l'ombre en souriant.

— Ils n'aiment pas beaucoup que je leur rende visite à l'improviste, s'excusa-t-il.

— Pourquoi ?

— Je crois qu'ils ne m'apprécient pas.

— Vraiment ? Difficile d'imaginer pourquoi !

— Je me doutais que tu finirais par découvrir cet accès. Je pensais même que ce serait un peu plus tôt.

— Navrée de t'avoir fait attendre. Si tu dois passer ton temps à apparaître aux moments les plus incongrus, tu pourrais te présenter, non ?

Un autre silence.

— Angel, lâcha enfin le jeune homme.

— Angel ? (Buffy attendit la suite, mais elle ne vint pas.) C'est assez joli, concéda-t-elle.

— Je te déconseille de descendre, dit calmement l'inconnu qui n'en était plus tout à fait un.

Buffy haussa les épaules.

— Navrée, mais j'ai tendance à n'en faire qu'à ma tête.

— Tu ne devrais pas te mettre en danger. La Moisson aura lieu ce soir. A moins que tu puisses l'empêcher... (Angel baissa la voix.) Le Maître va revenir.

Buffy s'obstina.

— Si cette Moisson s'annonce si terrible, pourquoi n'agis-tu pas ?

— Parce que j'ai peur.

Ce n'était pas la réponse que la jeune fille attendait. L'honnêteté et l'absence de honte d'Angel la prirent par surprise.

Elle détailla une dernière fois sa silhouette nimbée par le soleil...

... Puis flanqua un grand coup de pied dans la porte.

— Ils t'attendent, insista Angel.

— Un ami à moi... disons plutôt un ami potentiel... est quelque part en bas. Et tu t'y connais en amis, pas vrai ?

Angel ne répondit pas.

— Je ne voulais pas casser l'ambiance, ajouta plus gentiment la jeune fille.

— Quand tu seras dans les tunnels, dirige-toi vers l'est, du côté de ton école. Je crois que tu les trouveras là-bas.

— Souhaite-moi bonne chance.

Angel garda le silence. Buffy secoua la tête et s'enfonça dans les ténèbres.

Le jeune homme la regarda partir. Un long moment, il demeura immobile, une ombre dans le regard.

— Bonne chance, murmura-t-il enfin.

CHAPITRE XV

Les tunnels s'étendaient sous la ville comme un labyrinthe interdit. Obscurs et sinueux, ils partaient dans toutes les directions. En descendant une volée de marches, Buffy se demanda si elle parviendrait à retrouver le chemin de la sortie.

Elle s'arrêta à une intersection pour étudier les environs. L'air humide était chargé d'une forte odeur de pourriture. Au loin résonnait un bruit d'eau courante.

Quand un rat effleura le pied de Buffy, la jeune fille ne broncha pas. Elle se contenta de bomber les épaules, de choisir un tunnel et de se remettre en route.

Elle avançait lentement, sondant chaque crevasse et chaque recoin. L'endroit était un refuge parfait pour des vampires, songea-t-elle. En ce moment, ils pouvaient être n'importe où en train de la guetter, prêts à lui tendre une embuscade.

Le cœur battant à tout rompre, Buffy poursuivit son chemin.

Elle arriva à une nouvelle intersection et tourna à gauche. Ce passage semblait désert, mais elle hésita quand même et tendit l'oreille. Le silence était total. Elle recommença à avancer, les nerfs tendus à craquer.

Alors elle crut entendre quelque chose. Faisant demi-tour, elle revint sur ses pas et sonda les autres tunnels.

Des ombres, rien de plus. Et un vague bourdonnement qu'elle ne parvint pas à identifier.

Elle battit en retraite....

... Et réalisa qu'il se tenait derrière elle.

Un instant, la jeune fille se figea. Son corps se tendit, prêt à bondir, et elle se retourna pour faire face à son adversaire.

— Tu as vu quelque chose ? s'enquit une voix familière.

— Alex ! explosa Buffy. Que fais-tu ici ?

— Probablement un truc stupide, concéda le jeune homme. Je t'ai suivie. (Il ne semblait pas du tout contrit.) Je ne pouvais pas rester les bras ballants, ajouta-t-il en guise d'explication.

Buffy le dévisagea. Elle ne savait pas si elle devait se mettre à rire ou à pleurer.

— Je comprends. A présent, va-t'en.

— Pas question.

— Alex, il le faut !

— Jesse est mon pote, d'accord ? Je ne peux pas le laisser tomber s'il a besoin de moi.

Buffy pesa la sincérité de ses paroles.

— Et puis, ajouta Alex, c'est ça ou le cours de chimie. Entre deux maux, il faut choisir le moindre.

Buffy poussa un soupir. Il comprit qu'il avait gagné.

En silence, ils s'engagèrent dans le tunnel ; arrivés au bout, ils marquèrent une pause pour écouter. Mais on eût dit que le complexe souterrain était désert.

Soulagés, ils franchirent une nouvelle intersection et choisirent le passage de gauche. Ils restaient près l'un de l'autre, se préparant à bondir.

— Résumons, dit Alex en comptant sur ses doigts. Les croix, l'ail, le pieu dans le cœur...

— Très efficaces, lui assura Buffy.

— Super. Evidemment, je n'ai rien apporté de tout ça.

— Quelle présence d'esprit ! railla la jeune fille.

Elle lui tendit une croix.

— La partie de mon cerveau qui aurait dû me recommander d'emporter ces choses est toujours occupée à me supplier de ne pas venir te rejoindre, se défendit Alex. Mais j'ai quand même pris ça.

Il sortit une lampe-torche et l'alluma. Un rayon jaune perça les ténèbres, éclairant des murs moisis et un sol couvert de flaques de boue.

— Eteins ça ! siffla Buffy.

Le jeune homme se hâta d'obéir.

— Désolé. Quoi d'autre ?

— Pardon ?

— Quoi d'autre, pour tuer les vampires ?

Buffy poussa un soupir.

— Le feu, la décapitation, la lumière du soleil, l'eau bénite... Les trucs habituels.

— Je vois. As-tu déjà... coupé la tête à quelqu'un ? demanda Alex d'une voix peu assurée.

— Oh que oui ! Je me rappelle le jour où ce type m'avait plaquée à terre. Il jouait ailier gauche dans l'équipe de foot de l'université avant que... avant. Bref, il avait un cou de taureau, et moi un pauvre couteau suisse...

La jeune fille s'interrompit en voyant la mâchoire inférieure d'Alex tomber sur sa poitrine.

— Mon histoire ne te plaît pas, constata-t-elle sur un ton accusateur.

Alex réprima un frisson.

— Je suis content qu'on soit du même côté, c'est tout.

CHAPITRE XVI

Dans la bibliothèque, Giles continuait sa quête.

Plusieurs ouvrages très anciens étaient ouverts sur la table. Il les examina successivement, lisant certains passages et s'interrogeant sur leur sens véritable. Ça faisait déjà un bon moment qu'il cherchait. Son expression était lasse, mais toujours déterminée.

Il se leva pour prendre un nouveau volume sur les rayonnages, le feuilleta et découvrit quelque chose d'intéressant. A voix haute, il traduisit le latin :

— ... Car ils se rassembleront et seront rassemblés. Tout ce qui est à eux sera à lui... Du Calice coule la vie.

Giles marqua une pause et répéta, pensif :

— Coule la vie...

Il étudia la gravure figurant à côté du texte qu'il venait de lire. Une hideuse créature, mi-homme mi-bête, tendait la main vers une foule de villageois ensanglantés. Au-dessous d'eux, dans ce qui était peut-être une représentation de l'enfer, un démon était nimbé d'une aura de pouvoir.

Giles plissa les yeux et se pencha vers l'ouvrage. Sur le front de la créature, il remarqua un symbole grossier : une étoile à trois branches.

Il rajusta ses lunettes et recommença à lire.

— La nuit de la lune montante, le lendemain du solstice, il viendra.

Le bibliothécaire se raidit.

— Evidemment, marmonna-t-il. Ce soir.

*
* *

— On va au *Bronze* ce soir ? demanda Harmonie à sa voisine de pupitre.

Elles étaient en cours d'informatique, et ce n'était pas la matière préférée de Cordélia. Comme d'habitude, tandis que les autres élèves tapaient fiévreusement des lignes de programme, les ordinateurs restaient le dernier souci de la jeune fille.

Elle jeta un coup d'œil à Harmonie, avec qui elle travaillait en binôme. Sa partenaire était en train de se débattre avec l'énoncé du projet. Elle réalisa que Cordélia n'avait pas entendu sa question.

— Non ! s'exclama la jeune fille, frustrée. Ce truc est censé trouver les erreurs de syntaxe et les corriger. Attends un peu...

Harmonie garda les yeux rivés sur le clavier et enfonça une touche en hésitant.

— On va au *Bronze* ce soir ? répéta-t-elle.

— Non, répliqua sèchement Cordélia. On ira dans l'autre boîte à la mode de Sunnydale.

Harmonie lui jeta un regard interloqué ; elle soupira.

— Evidemment qu'on va au *Bronze* ! C'est vendredi, on ne peut pas y échapper. Mais tu aurais dû venir hier soir.

Au lieu de demander pourquoi, Harmonie relut son travail et fronça les sourcils.

— Je crois que les dernières lignes sont fausses, fit-elle remarquer.

Cordélia prit un air de martyre.

— Pourquoi faut-il écrire ces maudits programmes ? soupira-t-elle. C'est à ça que servent les matheux, non ? (Elle jeta un coup d'œil au pupitre voisin, celui de Willow.) Tu n'as qu'à copier ce qu'elle a fait, marmonna-t-elle.

Harmonie se tordit le cou pour regarder l'écran de leur camarade. Apparemment, Willow était perdue dans son petit monde à elle. Sans se soucier du reste de la classe, elle surfait sur Internet, faisant défiler des kilomètres de texte et cherchant Dieu sait quoi...

Harmonie haussa les épaules.

— Elle ne bosse pas sur le programme, dit-elle à Cordélia.

Surprise, la jeune fille se pencha pour vérifier par elle-même. Willow s'affairait devant son ordinateur, le front plissé par la concentration.

Cordélia ricana.

— D'accord, dit-elle à contrecœur, en essayant de s'intéresser à leur programme. Essaye « Pattern run »... Ou « Go to end ». Ça devrait marcher.

Harmonie se mordit la lèvre.

— Je ne crois pas que...
— Eh bien, tu n'as qu'à consulter le manuel ! s'impatienta Cordélia.

Pendant qu'Harmonie étudiait la procédure, elle s'efforça une fois de plus de lui raconter les derniers ragots.

— Bref, quand je suis sortie du *Bronze*, elle s'est précipitée vers moi en brandissant une batte de base-ball et en hurlant : « Je vais te tuer ! » C'est la pure vérité.

— De qui tu parles ? demanda Jared, un des types les plus mignons de la classe.

Il se pencha en arrière pour écouter Cordélia. Un sourire de satisfaction se peignit sur les lèvres de la jeune fille : elle avait enfin un auditoire.

— De Buffy, répondit-elle.
— La nouvelle, ajouta Harmonie.

Jared eut l'air étonné.

— Qu'est-ce qu'elle a ?
— Elle est folle, déclara péremptoirement Cordélia.

— J'ai entendu dire qu'elle s'était fait virer de son ancien bahut, ajouta Harmonie sur un ton de conspiratrice.

— Bizarrement, je n'en suis pas surprise, ricana Cordélia.

Jared recula sa chaise vers les deux filles.

— Pourquoi s'est-elle fait virer ?
— Parce que c'est une psychopathe ! affirma Cordélia.

— C'est faux, dit une voix calme mais ferme.

Les trois jeunes gens se tournèrent vers Willow. Cordélia la toisa avec stupéfaction. Personne, y compris sa mère, n'avait jamais osé la contredire. Il lui fallut un moment pour réaliser ce qui venait de se produire.

— Je te demande pardon ? lâcha-t-elle, glaciale.

— Buffy n'est pas une psychopathe, déclara Willow. Comment peux-tu dire une chose pareille ? Tu ne la connais même pas !

— De quel droit m'adresses-tu la parole ? brailla Cordélia, indignée. Et d'abord, qui t'a donné la permission d'exister ? Est-ce que je me mêle de tes conversations ? Non. Pourquoi ? Parce que tu es trop ennuyeuse.

Une lueur chagrinée passa dans le regard de Willow. Elle baissa les yeux, puis se leva et saisit les feuilles qui venaient de sortir de son imprimante tandis que Cordélia et les autres retournaient à leur projet.

— Là ! s'exclama enfin Harmonie. Je crois que ça y est.

Cordélia hocha la tête.

— Enfin, le cauchemar se termine. Comment sauvegarde-t-on ce truc ?

Willow se dirigeait vers la porte. Elle jeta un coup d'œil par-dessus son épaule et laissa tomber :

— « Deliver ».

Cordélia baissa la tête vers son clavier.

— « Deliver »... Où ? Ah !

Elle repéra une touche marquée DEL et appuya dessus avec un ongle manucuré.

Sous ses yeux horrifiés, le programme avec lequel elle venait de se débattre pendant une heure s'effaça.

CHAPITRE XVII

— Ils sont tout près, annonça Buffy.

Depuis quelques minutes, Alex et elle marchaient en silence. Derrière eux, le néant engloutissait les tunnels qu'ils venaient de traverser, et ils se sentaient de plus en plus mal à l'aise.

L'heure n'était plus au badinage. Une lourde menace planait dans l'air. Inquiète, Buffy scruta les ténèbres.

— Comment le sais-tu ? demanda Alex, nerveux.

— Il n'y a plus de rats.

Ce n'était pas exactement le genre d'information que le jeune homme voulait entendre, mais il ne répondit pas. Buffy et lui parcoururent encore quelques centaines de mètres avant qu'il ne reprenne la parole.

— Par là, dit-il en s'arrêtant et en tendant un doigt. Qu'est-ce que c'est ?

Sur le côté du tunnel s'ouvrait une alcôve dont seul l'encadrement était visible, l'obscurité masquant le reste. Les deux jeunes gens jetèrent un regard à la ronde pour s'assurer qu'ils étaient toujours seuls, puis ils en approchèrent.

Alex sortit sa lampe de poche et s'en servit pour éclairer prudemment l'alcôve. Un corps immobile gisait face contre terre. Le jeune homme hoqueta de surprise.

— Jesse !
— Oh, non ! souffla Buffy.

Pendant qu'Alex l'éclairait, elle entra dans l'alcôve et voulut s'accroupir pour examiner leur camarade.

Sans crier gare, Jesse bondit sur elle en brandissant une barre de fer. Il allait lui en flanquer un bon coup sur la tête quand la voix d'Alex résonna dans le tunnel.

— Jesse !

Le jeune homme s'immobilisa, stupéfait.

— Alex ?

L'air soulagé, le garçon lâcha son arme, se dirigea vers son ami et l'étreignit en lui flanquant force tapes dans le dos.

Alex se dégagea et le tint à bout de bras pour le dévisager.

— Jesse, mon vieux, tu vas bien ?
— J'ai déjà été plus en forme, avoua le jeune homme. (Puis, redevenant grave :) Il faut ficher le camp d'ici au plus vite !

Il baissa les yeux vers sa jambe. Une chaîne, enroulée autour de sa cheville, le gardait attaché au mur.

— Ne t'inquiète pas pour ça, le rassura Alex. Buffy est un super-héros !

A la mention de son nom, la jeune fille fronça les sourcils et s'accroupit pour tester les entraves de Jesse.

— Ne bouge pas, ordonna-t-elle.

Elle saisit la barre de fer qu'il avait laissée tomber et l'abattit de toutes ses forces sur la chaîne, dont les maillons volèrent en éclats avec un bruit épouvantable. L'écho se répercuta dans le labyrinthe de tunnels.

Alex frémit.

— Tout le monde a dû nous entendre, murmura-t-il d'un air peu rassuré.

Du coin de l'œil, Buffy crut distinguer un mouvement sur le seuil de l'alcôve, comme si plusieurs silhouettes indistinctes s'agitaient dans l'ombre. Elle fit signe aux autres de la suivre.

— Ils savaient que tu viendrais, lui dit Jesse. Ils ont dit que j'étais... l'appât.

— Sans blague ? grommela Alex.

— J'ai vu leur chef, ajouta Jesse.

Il n'eut pas besoin d'en dire plus : son air horrifié suffisait.

Buffy s'engagea dans les tunnels, revenant sur ses pas.

Soudain, elle se figea.

Alex et Jesse les voyaient aussi. Les silhouettes noires et menaçantes se dressaient à l'autre bout du passage, leur barrant le chemin.

— Oups ! lança Buffy.

— Non, non, gémit Jesse, tremblant de peur.

— Tu connais une autre sortie ?

— Je ne sais pas... Peut-être.

— Alors, dépêchons-nous.

Les trois jeunes gens firent demi-tour et partirent dans la direction opposée. Puis ils coururent. Bientôt, ils atteignirent une intersection et s'engouffrèrent dans le tunnel le plus proche.

Ils ne s'attendaient pas à voir des yeux briller devant eux dans les ténèbres, ni à entendre des chuchotements entrecoupés de rires. Paniqués, ils rebroussèrent chemin et empruntèrent un autre passage jusqu'au croisement suivant.

— Attendez ! dit Jesse, à bout de souffle. Je suis déjà passé par ici en venant. Il doit y avoir une trappe qui donne vers le haut.

Sans discuter, Alex et Buffy s'élancèrent à sa suite.

Quelques instants plus tard, ils entrèrent dans une pièce sombre. Trop tard, ils virent les vampires qui les suivaient, et réalisèrent qu'il n'y avait pas d'autre sortie. Ils regardèrent autour d'eux, cherchant un moyen de fuir. Sans succès.

Buffy se précipita vers la porte. Les bruits de pas approchaient.

— Je ne crois pas qu'on puisse remonter à la surface par là ! dit-elle en jetant à ses amis un regard éperdu.

— Nous ne pouvons pas non plus combattre ces monstres, protesta Alex. Ils sont beaucoup trop nombreux. Qu'allons-nous faire ?

— J'ai une idée, annonça Jesse, derrière eux.

Quand Buffy et Alex se retournèrent pour lui faire face, son visage déformé n'avait plus rien d'humain. Aucune lueur n'éclairait son regard froid. Il leur sourit, et ses crocs brillèrent faiblement dans la pénombre.

Buffy et Alex étaient trop choqués pour répondre. Tandis qu'ils l'observaient, bouche bée, le sourire de Jesse s'élargit.

— Vous allez mourir.

CHAPITRE XVIII

Alex s'écarta lentement de Jesse tandis que Buffy cherchait une solution. Elle jeta un coup d'œil vers l'entrée de la pièce et entendit les vampires approcher, leur ombre glissant le long des parois du tunnel.

— Jesse, dit Alex sur un ton suppliant. Mon vieux, je suis désolé...

Son ami eut une grimace triomphante.

— Désolé ? Je ne vois vraiment pas pourquoi. Jamais je ne me suis senti aussi fort.

Pendant qu'ils parlaient, Buffy agrippa la porte métallique et tenta de la refermer. Mais le battant avait rouillé en position ouverte et refusa de céder.

Jesse avança lentement vers Alex.

— Je suis relié à tout, à présent. J'entends les vers de terre s'agiter dans le sol.

Alex déglutit et hocha la tête.

— Ça a l'air intéressant, gargouilla-t-il.

— Je sais ce que veut le Maître, et je servirai ses desseins. Autrement dit, tu vas mourir et je me repaîtrai de ton sang.

— Alex ! cria Buffy. La croix !

Le jeune homme n'hésita pas. Il saisit le bijou et le brandit sous le nez de Jesse, qui s'arrêta net.

Son sourire hideux s'évanouit.

Buffy poussa la porte de toutes ses forces. Enfin, elle la sentit s'ébranler. Mais elle entendit aussi les pas des vampires dans le tunnel, leurs rires étouffés se répercutant contre les parois.

Ils avaient presque atteint l'entrée de la pièce ; dans les ombres mouvantes, la jeune fille aperçut leurs rictus sinistres. Ils se réjouissaient déjà de leur victoire. Ce n'était plus qu'une question de secondes.

— Jesse, essaya de nouveau Alex. Je suis ton ami, tu ne te rappelles pas ?

— Tu n'es plus qu'un vague souvenir pour moi, ricana le vampire.

Alex marcha sur lui, la croix à bout de bras.

— Dans ce cas... Efface-moi de ta mémoire !

Furieux, Jesse recula vers la porte.

En un ultime effort, Buffy banda ses muscles pour fermer la porte. Elle vit les vampires se masser dans le passage. Plus près... Toujours plus près...

Jesse bondit en avant et bouscula Alex, qui lâcha la croix. Le vampire esquissa une grimace victorieuse, mais elle ne dura qu'un instant.

Sans crier gare, Buffy le ceintura et le projeta hors de la pièce, se servant de lui comme d'une boule de bowling pour renverser les autres vampires.

Les yeux écarquillés, Alex la regardait sans bouger.

— Aide-moi ! cria la jeune fille.

Alex se ressaisit et courut lui prêter main-forte. Dos au battant, ils s'arc-boutèrent et poussèrent de toutes leurs forces. Enfin, ils entendirent le crissement du métal qui cédait.

La porte commença à se refermer avec un bruit sourd.

Un bras jaillit par l'ouverture et se tendit vers les jeunes gens, des griffes hideuses s'agitant pour leur lacérer la figure.

Buffy rouvrit un peu la porte et la claqua sur le bras à plusieurs reprises, jusqu'à ce que son propriétaire batte en retraite. Puis elle réussit à verrouiller le battant et se tourna vers Alex.

Le jeune homme était aussi hébété qu'elle. Haletant et très pâle, il ne réalisait pas ce qui était arrivé à Jesse.

— Je ne parviens pas à y croire, se lamenta-t-il. Nous sommes venus trop tard.

La porte vibra. Les vampires essayaient de l'enfoncer.

— Il faut filer d'ici, déclara Buffy, résolue.

— Je ne vois pas comment !

Un autre coup menaça d'arracher le battant à ses gonds rouillés. La jeune fille regarda autour d'elle, cherchant un moyen de se tirer de ce mauvais pas.

Des détritus méconnaissables gisaient un peu partout dans la pièce. Elle les souleva et les jeta en tas dans un coin.

Pendant ce temps, Alex scrutait les ombres. Soudain, il aperçut quelque chose en haut d'un mur. On aurait dit une bouche d'aération. En tendant l'oreille, il entendit un souffle gratter contre la grille métallique.

— C'est quoi ? demanda-t-il, le nez en l'air.

Buffy cessa de fouiller les détritus. Elle se releva et se tourna vers son compagnon. Puis elle tira une caisse abandonnée et grimpa dessus pour atteindre la bouche d'aération.

Son cœur fit un bond dans sa poitrine. L'ouverture était assez large pour qu'Alex et elle puissent s'y faufiler.

A mains nues, la jeune fille tenta d'arracher la grille métallique. Elle fit de son mieux pour ignorer les vampires qui continuaient à s'acharner sur la porte, laquelle donnait des signes de faiblesse.

Le regard anxieux d'Alex passait alternativement de Buffy à la porte. Il vit que cette dernière était sortie de ses gonds, bâillant juste assez pour qu'on puisse glisser une main et...

Enfin, la grille céda. Buffy la laissa tomber sur le sol, où elle souleva un nuage de poussière.

— Viens !

Un vampire jaillit du conduit d'aération. Ses bras pourrissants se tendirent vers la jeune fille.

Ses doigts osseux se refermèrent autour de son cou.

Simultanément, la porte s'entrebâilla davantage, et une créature grimaçante passa la tête dans la pièce.

Buffy prit le vampire par le col et le projeta avec violence sur le sol. Alors qu'il était sonné par sa chute, elle lui bondit dessus et le cloua à terre.

— Va-t'en ! hurla-t-elle à Alex.

Le jeune homme ne discuta pas. Il passa en courant devant elle et sauta sur la caisse au moment où Buffy plongeait un pieu dans le dos de son adversaire.

D'une main tremblante, Alex alluma sa lampe de poche et éclaira l'intérieur du conduit, qui semblait vide.

Jetant un dernier regard à Buffy, Alex se hissa par la bouche d'aération et rampa vers le salut.

Derrière lui, il entendit la porte céder et s'abattre avec un grand fracas métallique.

Puis les vampires envahirent la pièce.

A la dernière seconde, Buffy s'élança.

Elle agrippa le bord du conduit à deux mains, fit un rétablissement et se démena pour rattraper Alex.

Les deux jeunes gens avançaient à quatre pattes dans les ténèbres. Ils étaient conscients que les créatures les avaient suivis, leurs corps pourris se glissant un à un dans le conduit.

Ils ignoraient quelle distance ils avaient parcouru quand le tunnel déboucha sur un passage beaucoup plus large. Face à eux, une échelle conduisait vers le haut. Levant la tête, ils aperçurent l'éclat lointain du soleil.

— Par là ? interrogea Alex en jetant un coup d'œil à Buffy par-dessus son épaule.

— Question idiote ! répliqua la jeune fille.

Alex commença à grimper, Buffy sur les talons. En atteignant le sommet de l'échelle, il banda ses muscles pour repousser la grille et se hissa dans une rue déserte.

Il s'agenouilla au bord de l'ouverture et tendit les mains à Buffy pour l'aider.

La jeune fille était presque dehors quand elle sentit quelque chose sur sa cheville. Des griffes s'enfoncèrent dans sa chair.

Un vampire essayait de la tirer en arrière.

Alex referma ses bras autour d'elle. Joignant leurs forces, ils réussirent à amener la main de la créature à la lumière du soleil.

Les doigts du vampire commencèrent à fumer. Une odeur de chair brûlée s'éleva de la bouche d'égout. La créature poussa un hurlement d'agonie et battit en retraite.

Buffy se laissa tomber sur le trottoir et retira ses jambes du trou. Puis Alex replaça la grille.

Les deux jeunes gens s'allongèrent sur le trottoir, haletants.

Un long moment, ils ne prononcèrent pas un mot et ne firent pas un geste. Sonnés et à bout de forces, ils s'efforçaient seulement de reprendre leur souffle.

CHAPITRE XIX

Le Maître se leva de sa chaise. Son expression et ses yeux étaient encore plus durs que d'habitude.

Debout face à lui, plusieurs vampires s'agitèrent, mal à l'aise. Il prit son temps pour s'adresser à eux, goûtant la terreur qu'il leur inspirait et laissant son regard s'attarder sur chacun pendant de longues secondes.

— Elle s'est échappée, déclara-t-il enfin. Elle court toujours alors que je devrais me repaître de son cœur encore tiède. Vous êtes des incapables.

Un vampire appelé Colin trouva le courage de parler.

— Nous l'avions coincée, mais...

Le Maître le fit taire d'un regard.

— Ne me dites pas que vous comptez me présenter des excuses, siffla-t-il. Vous êtes des faibles. Ça fait trop longtemps que vous n'avez pas affronté de Tueuse.

Il réfléchit un moment, puis ajouta :

— Mais peu m'importe. Elle n'empêchera pas la Moisson. Ce sera juste une proie intéressante à tuer quand je remonterai à la surface...

Il fit un pas en direction de Colin et se pencha vers lui.

— Luke est-il prêt ?

Colin acquiesça.

— Il vous attend.

Le Maître parut satisfait de cette nouvelle. Il fit signe à un autre vampire, qui avait gardé la tête baissée depuis le début.

— Va me le chercher, ordonna-t-il.

Puis, comme si cette pensée venait de l'effleurer :

— Oh, et... Colin, tu as saboté la mission que je t'avais confiée. Dis-moi combien tu es désolé.

Le vampire sentit l'étau de la peur se refermer sur lui.

— Je suis désolé, chuchota-t-il.

— Tu vois ? fit le Maître. Ce n'était pas difficile. Ne bouge pas...

D'un geste vif, il enfonça son index griffu dans l'orbite de Colin, qui poussa un cri de douleur.

— Je crois que tu as quelque chose dans l'œil, dit calmement le Maître.

CHAPITRE XX

Giles était toujours en train de consulter ses notes. Quand il réalisa que quelqu'un venait d'entrer dans la bibliothèque, il leva un regard rempli d'espoir.
— Buffy ?
Willow secoua la tête.
— Navrée, ce n'est que moi. Si je comprends bien, vous n'avez toujours pas de nouvelles ?
Les épaules de Giles s'affaissèrent.
— Pas encore.
Il ôta ses lunettes d'un geste las.
— Je suis sûre qu'ils vont bien, dit Willow, pour se rassurer autant que pour réconforter le bibliothécaire.
Celui-ci hocha la tête, l'air peu convaincu.
— Tu as trouvé quelque chose d'intéressant ? demanda-t-il pour changer de sujet.
La jeune fille s'assit et lui tendit les articles qu'elle venait d'imprimer.
— Je crois, avança-t-elle. En consultant les archives du journal local, j'ai découvert qu'une vague de meurtres avait eu lieu ici un peu avant le tremblement de terre de 1937.

— Super ! (Giles se redressa et chaussa de nouveau ses lunettes.) Enfin, corrigea-t-il, tu vois ce que je veux dire. Continue.

Willow feuilleta les articles.

— C'est tout à fait le genre que vous cherchiez : les victimes étaient marquées à la gorge et vidées de leur sang. Ça a duré des mois, et la police n'a jamais découvert le moindre indice.

— Ça se présente plutôt bien, dit Giles en se frottant les mains. Pardon : plutôt mal.

*
**

L'heure de la Moisson approchait.

Au fond de l'église, Darla alluma la dernière rangée de cierges. Elle recula, les contemplant d'un air solennel. A l'autre bout du sanctuaire, un second vampire achevait la même tâche.

Les flammes vacillantes projetaient une lueur maladive sur la congrégation et sur l'autel près duquel le Maître attendait.

Les fidèles psalmodièrent, produisant un murmure primal qui aurait glacé le sang de n'importe quel mortel.

Luke avança en ôtant sa chemise. Il se dirigea vers l'autel et s'agenouilla humblement devant le Maître. Quand celui-ci lui tendit la main, il la baisa.

Quand il la lui présenta paume ouverte, Luke la baisa aussi.

Puis, avec d'infinies précautions, il saisit le poignet du Maître, le porta à sa bouche et y enfonça ses crocs.

Le Maître frémit. Fermant les yeux, il sentit le flot des siècles couler dans ses veines. Tandis que Luke buvait son sang, il renversa la tête, en proie à une délicieuse douleur.

— Mon sang se mêle au tien, entonna-t-il. Mon âme est ton domaine.

— Mon corps est votre instrument, murmura Luke.

Il s'écarta. Le Maître préleva une goutte écarlate sur son poignet, et s'en servit pour tracer sur le front de son serviteur une étoile à trois branches.

Puis il se tourna vers ses disciples et prit la parole.

— Cette nuit, infernale entre toutes, nous ne faisons plus qu'un. Luke est le Calice. Chaque âme qu'il prendra me nourrira, et me donnera le pouvoir de me libérer.

Un sourire naquit sur ses lèvres. Il plissa les yeux.

— Ce soir, je marcherai à nouveau sur la Terre... Et les étoiles elles-mêmes trembleront de frayeur.

*
* *

Sales et échevelés, Buffy et Alex entrèrent dans la bibliothèque d'un pas chancelant.

Willow et Giles les dévisagèrent, ébahis. Il semblait évident que leurs recherches n'avaient pas eu la conclusion espérée. Pourtant, Willow ne put s'empêcher de poser la question.

— Et Jesse ? Vous l'avez trouvé ?

Mais elle connaissait déjà la réponse.

— Ouais, grommela Alex en baissant la tête pour ne pas croiser son regard.

Buffy se laissa tomber dans un fauteuil.

— Je suis navrée, Willow. Nous sommes arrivés trop tard, et ils nous attendaient.

La jeune fille secoua la tête.

— Au moins, vous vous en êtes tirés sains et saufs.

— Je déteste les vampires ! cria Alex. (Il flanqua un coup de pied à la poubelle.) Je vais manifester pour que le gouvernement les interdise !

Buffy se tourna vers le Gardien.

— Alors, Giles, n'as-tu rien d'autre à m'annoncer pour achever de me gâcher la journée ?

— La fin du monde, ça te va ?

— Je savais que je pouvais compter sur toi.

— Voilà les informations dont nous disposons. Il y a soixante ans, un vampire très vieux et très puissant est venu ici, mais pas uniquement pour se nourrir.

Buffy vint s'asseoir devant la grande table, le menton sur les mains.

— Laisse-moi deviner : parce que Sunnydale est un nexus mystique.

— Exactement. Les Espagnols qui s'y sont installés à l'origine l'appelaient *Boca Del Infierno* : la Bouche de l'Enfer. (Giles commença à faire les cent pas.) C'est une sorte de portail entre cette réalité et une autre... Je pense que le vampire espérait l'ouvrir.

— Pour ramener les démons, je suppose ?

— Pour provoquer la fin du monde, corrigea Alex.

— Mais il s'est planté, annonça Willow. Un tremblement de terre a englouti la moitié de la ville, et lui avec. C'est ce que j'ai déduit, car les meurtres ont cessé.

L'air pensif, Giles saisit une chaise.

— L'ouverture de portails dimensionnels n'est pas une mince affaire. Je pense qu'il a été victime de son propre sort, et qu'il s'est retrouvé coincé comme un bouchon dans une bouteille.

— Et la fameuse Moisson doit servir à le libérer ? s'enquit Alex.

— Elle peut avoir lieu une fois par siècle. En l'occurrence, ce soir.

Giles se releva et se dirigea vers le tableau noir où il avait tracé plusieurs diagrammes à la craie.

— Grâce à un rituel, le Maître tire du pouvoir d'un de ses serviteurs — appelé Calice — pendant que celui-ci se nourrit. En assez grande quantité, cette puissance devrait lui permettre de s'échapper et de rouvrir le portail. Le Calice porte ce symbole, expliqua le bibliothécaire en désignant une étoile à trois branches.

— Donc, dit Buffy en s'efforçant de prendre un ton optimiste, il suffit que je pulvérise le gars en question. Un coup d'aspirateur, et hop ! La Moisson n'aura pas lieu.

— En gros, oui.

— As-tu une idée de l'endroit où elle devrait se faire ?

Avant que Giles puisse ouvrir la bouche, Alex lança :

— Le *Bronze* ! Je suis sûr qu'ils iront là-bas !

Les autres se turent et le dévisagèrent.
— Pourquoi ? s'enquit Willow.
— Réfléchis ! Ça grouille de jeunes mortels chaque soir. Pour des vampires, c'est l'endroit le plus évident où se ravitailler.
— Dans ce cas, nous devons y aller, déclara Giles. Le soleil ne tardera pas à se coucher.
Ils se dirigèrent tous les quatre vers la porte.
— Je vous rejoindrai là-bas, annonça Buffy en s'écartant des autres. Je n'en ai pas pour longtemps.
— Où vas-tu ? demanda Giles.
Elle eut un petit sourire mystérieux.
— Chercher des munitions.

CHAPITRE XXI

Le crépuscule tombait déjà.
Les derniers rayons écarlates pénétraient par la fenêtre de la chambre de Buffy, inondant le sol. La sphère embrasée du soleil se couchait à l'horizon.

— Buffy ? appela Joyce Summers depuis le couloir.

La jeune fille entendit, mais elle ne répondit pas. Elle continuait à fouiller sa penderie quand sa mère entra dans la pièce.

Si je dois être une Tueuse, autant que j'en ai l'air, songea Buffy. *Je ne peux pas mettre de vieilles frusques pour me rendre à la Moisson...*

Finalement, elle opta pour sa veste en cuir brun.

— Tu sors ? demanda Joyce derrière elle.

Buffy entendit de la désapprobation dans la voix de sa mère. Elle s'efforça de prendre un air détaché.

— Oui, j'ai rendez-vous.

Une pause.

— Je ne t'ai pas entendue rentrer la nuit dernière, déclara enfin Joyce.

— J'ai fait attention à ne pas te réveiller, répliqua Buffy.

Cette fois, le silence qui suivit n'avait rien de détendu. La déception de Joyce était presque palpable.

— Tu as recommencé, n'est-ce pas ? soupira-t-elle.

Buffy se figea. Elle se redressa, fit volte-face et soutint le regard de sa mère.

— Ton proviseur m'a appelée, expliqua Joyce. Il dit que tu as manqué plusieurs cours aujourd'hui.

— J'ai dû... aller faire une course.

Embarrassée, Buffy se concentra sur la penderie. Elle en sortit un coffre qu'elle ouvrit, et dont elle examina le contenu. Les yeux de sa mère étaient vrillés dans son dos.

— Nous n'avons pas fini d'emménager, et je reçois déjà des coups de fil de ton proviseur, insista Joyce.

— Maman, je te promets que ce sera différent, dit Buffy d'une voix suppliante. Mais il faut absolument que je sorte ce soir.

— Non.

La jeune fille n'en crut pas ses oreilles.

— Maman...

Elle leva les yeux vers la fenêtre. Dehors, l'obscurité s'épaississait rapidement.

Mais Joyce resta plantée dans l'encadrement de la porte.

— Mon psy pense que je devais m'habituer à le dire, expliqua-t-elle, presque sur la défensive. Donc... non.

— C'est très important.

— Je sais : si tu ne sors pas, ce sera la fin du monde. Tout est une question de vie ou de mort quand on a seize ans.

— Maman, je n'ai pas le temps de discuter...

— Oh que si ! Tu as toute la nuit devant toi, Buffy, parce que tu n'iras nulle part. Mais si tu veux, tu peux rester cloîtrée dans ta chambre et bouder. C'est ton droit le plus strict.

Joyce s'avança vers sa fille et, prenant une grande inspiration, lui posa les mains sur les épaules.

— Si tu acceptes de dîner avec moi, le couvert est déjà mis...

Elle sortit, refermant la porte derrière elle. Buffy resta immobile un moment, puis secoua la tête et se remit à fouiller dans le coffre. C'était là qu'elle gardait toutes ses affaires personnelles : photos, lettres, journal intime, souvenirs d'enfance...

La jeune fille saisit le double fond et le souleva. Elle était la seule à connaître la cachette de son arsenal, un assortiment de pieux et de croix, un paquet d'hosties, un chapelet d'ail et une gourde d'eau bénite.

Elle fourra le tout dans son sac, ne conservant qu'un pieu à l'aspect particulièrement agressif. Il tenait dans sa main comme s'il avait été une extension de son bras plutôt qu'une simple arme.

Buffy le glissa dans sa manche et se dirigea vers la porte de sa chambre.

Elle colla son oreille au battant. En bas, tout était calme.

Sur la pointe des pieds, elle s'approcha de la fenêtre et la souleva. Puis elle sauta dans la terre meuble du jardin, et les ténèbres l'engloutirent.

CHAPITRE XXII

— Les garçons de terminale, c'est la seule solution, déclara Cordélia avec un ennui étudié.

Une fois de plus, elle tenait sa cour au *Bronze*. Ses groupies admiratives étaient rassemblées autour d'elle à une table de la mezzanine.

— Soyons lucides : ils appartiennent à une caste supérieure, reprit la jeune fille. Ceux de seconde sont encore des mômes. Prenez Jesse, par exemple : vous l'avez vu, la nuit dernière ? (Elle leva les yeux au ciel, l'air mi-amusé, mi-dégoûté.) La façon dont il me suit partout... On croirait un petit chien : tout ce qu'il m'inspire, c'est une envie d'euthanasie.

Elle se pencha en avant.

— Mais les garçons de terminale sont entourés de mystère. Et surtout, ils ont... Allons, je l'ai sur le bout de la langue... Des *voitures*.

Près d'elle, Raine ouvrit la bouche pour parler.

Cordélia ne lui en laissa pas le temps.

— Je ne suis pas du genre à me fixer, expliqua-t-elle avec une moue dédaigneuse. Quand je rentre dans un magasin de vêtements, il faut toujours que j'en ressorte avec ce qu'il y a de plus cher... Pas parce que c'est de meilleure qualité, mais parce que ça vaut plus d'argent.

Raine voulut encore prendre la parole. De nouveau, Cordélia l'en empêcha.

— Hé ! dit-elle en lui jetant un regard meurtrier. Ça ne te ferait rien de me laisser terminer une phrase, Miss Grande Gueule ? Oh ! J'adore cette chanson.

Elle bondit sur ses pieds et se dirigea vers l'escalier, sa clique sur les talons.

Quelques minutes plus tard, Cordélia se déhanchait au milieu de la foule, consciente des regards masculins posés sur elle. Elle savait de quoi elle avait l'air. Et tant pis — ou tant mieux — si les autres filles en crevaient de jalousie.

A cet instant, Jesse entra dans le club.

Il n'était plus l'adolescent gauche que Cordélia avait connu et méprisé. De l'assurance brillait dans ses yeux, et son pas nonchalant avait quelque chose d'irrésistible.

Son regard se posa sur la jeune fille ; un sourire flotta sur ses lèvres.

*
* *

Devant le *Bronze,* tout était plutôt calme. Quelques vagabonds discutaient, appuyés contre la façade, mais le trottoir semblait désert.

Personne ne vit arriver les huit silhouettes qui remontaient la rue d'une démarche féline, le visage baigné par la lueur des réverbères. Pas une ne prononça un mot.

Pas même Luke.

*
* *

Jesse se fraya lentement un chemin parmi la foule, contournant Cordélia sans jamais la quitter des yeux.

La jeune fille ne le remarqua pas tout de suite. L'intensité de son regard attira finalement son attention. Quand elle le reconnut, elle laissa échapper un hoquet de surprise.

Jesse avait quelque chose de différent. Cordélia n'aurait su dire quoi, mais ça le rendait étrangement séduisant.

Les premières notes d'un slow retentirent dans la grande salle du club. La jeune fille s'arrêta de danser et voulut regagner le bord de la piste.

Jesse apparut devant elle, lui bloquant la route. Un sourire confiant s'épanouit sur son visage.

— Que veux-tu ? demanda Cordélia avec brusquerie.

Mais elle savait que personne n'était dupe : pas elle, et certainement pas Jesse. Sans un mot, il lui prit la main et la ramena au centre de la piste.

— Hé ! protesta Cordélia. Espèce de pithécanthrope ! Qui t'a donné la permission ?

Il se tourna vers elle et lui fit un sourire irrésistible.

— Tais-toi, ordonna-t-il.

Elle n'aurait jamais cru que Jesse soit aussi bon danseur. La plaquant contre lui, il ondula sensuellement au rythme de la musique.

Le cœur de Cordélia battait à tout rompre, et ses défenses fondaient un peu plus à chaque seconde passée près de Jesse.

— C'est bon, mais juste pour cette fois, murmura-t-elle en posant la tête sur sa poitrine.

*
* *

Ils aperçurent le videur avant qu'il ne les repère.

L'homme se tenait devant l'entrée du *Bronze*, les muscles tendus sous sa chemise et l'air autoritaire. Alors que les nouveaux venus se dirigeaient vers la porte, il tenta de les arrêter.

— Je peux voir votre carte d'identité ? demanda-t-il poliment.

Ils firent mine de ne pas l'avoir entendu. Le videur, qui ne recherchait pas spécialement les ennuis, haussa la voix.

— Personne ne peut entrer tant que je n'ai pas vu...

Luke n'avait pas de temps à perdre avec ce mortel. Il le saisit par le col de sa chemise et approcha son visage du sien.

Confronté à un regard froid, le videur perdit toute sa superbe.

Luke le sentit trembler.

— Entrez, ordonna-t-il à ses compagnons.

Dès qu'ils eurent franchi le seuil du club, les vampires se déployèrent, chacun se dirigeant vers une issue pour la bloquer. Deux restèrent près de l'entrée principale.

Darla se chargea de la porte des coulisses. Un autre vampire s'approcha du bar, sauta par-dessus et alla se poster devant la sortie de secours. Pendant qu'un troisième grimpait vers la mezzanine, Luke monta sur la scène.

Darla vérifia la porte, s'assurant qu'elle était verrouillée. Puis elle ouvrit le placard du disjoncteur, sur le mur, et fit sauter un fusible.

Aussitôt, les stroboscopes s'éteignirent et la musique se tut. Des murmures et des cris de surprise parcoururent la foule. Les clients se regardèrent, désorientés, jusqu'à ce qu'une voix s'élève dans le micro.

— Mesdames et messieurs, annonça Luke, inutile de paniquer.

Un unique projecteur éclairait encore la scène. Certain d'avoir capté l'attention de son public, Luke avança dans le rond de lumière.

— Non que vous n'ayez pas de bonnes raisons de le faire, continua-t-il avec un sourire moqueur. Mais ça ne vous servira à rien, alors...

Il perçut la répulsion et l'incrédulité de la foule, puis sentit une vague de faiblesse et de panique se répandre dans les veines des jeunes gens. Tant mieux : il se nourrissait de ce genre d'émotions. Elles le rendaient plus fort.

Un couple terrifié tenta de sortir. Luke sourit en voyant les deux vampires de l'entrée secouer la tête en signe de dénégation. Leurs visages étaient aussi répugnants que celui de leur chef.

Les adolescents reculèrent.

Les mains de Jesse toujours posées sur ses épaules, Cordélia fixait la scène.

— Je croyais qu'il n'y avait pas de groupe prévu ce soir, déclara-t-elle d'une voix atone.

Elle jeta un coup d'œil à son cavalier et poussa un cri. Jesse avait changé. Il s'était transformé en une horrible créature. Cordélia voulut se dégager, mais il la tenait fermement et la poussa sous l'escalier.

Le moment était venu.

*
* *

— Cette nuit sera glorieuse, dit Luke, ses yeux de prédateur scrutant les visages levés vers lui. Ce sera aussi la dernière de votre vie.

Quelques secondes, un silence tendu plana sur le club.

Puis Luke ordonna :

— Amenez-moi le premier !

Un vampire jeta le videur à ses pieds.

— Mais que cherchez-vous ? demanda l'homme d'une voix plaintive. De l'argent ? Et puis, qu'avez-vous à la figure ?

Luke le saisit par la peau du cou, lui ôtant toute possibilité de continuer son interrogatoire.

— Regardez-moi, mortels ! cria-t-il. (Il s'adressa à la victime qui se débattait entre ses griffes :) Leur terreur est un véritable nectar, presque aussi délectable que le sang.

D'un geste vif, il mordit le cou de l'homme, aspirant sa vie à longues goulées.

Un brouillard écarlate enveloppa Luke. Il sentit que son Maître reprenait des forces.

Le pouvoir ancestral se répandait à nouveau dans ses veines et l'illuminait comme une aura divine.

Luke continua à s'abreuver.

Quelques minutes plus tard, il renversa la tête en arrière et jeta au pied de la scène le cadavre du videur.

— Au suivant !

CHAPITRE XXIII

Quand Buffy et les autres atteignirent finalement le *Bronze,* il n'y avait personne dehors, et la porte de devant était fermée à clé.
— Je ne peux pas l'ouvrir, annonça Buffy.
Giles paraissait sur le point de vomir.
— Nous arrivons trop tard.
— Je ne pouvais pas savoir que je serais privée de sortie, d'accord ? cria Buffy, exaspérée.
— Tu ne peux pas enfoncer la porte ? suggéra Alex.
La jeune fille secoua la tête.
— Je suis forte, mais pas à ce point. Faites le tour et essayez la sortie de secours. Je trouverai bien un moyen d'entrer de mon côté.
— D'accord. Venez, dit Giles à Alex et à Willow.
— Une minute, les retint Buffy.
Ils s'arrêtèrent ; elle leur tendit son sac.
— Tout ce que je vous demande, c'est de dégager une issue et de faire sortir les gens, expliqua-t-elle. Ne commencez surtout pas à jouer aux cow-boys.

— On se retrouve à l'intérieur, acquiesça Giles.

Ils firent le tour du bâtiment par la droite, tandis que Buffy allait vers la gauche. L'expression résolue, elle gardait le regard fixé sur le toit du *Bronze*.

Il ne fallut qu'une minute à Giles et aux autres pour atteindre la porte de derrière. Alex appuya sur la poignée. Sans résultat. Les vampires avaient tout verrouillé, et ils ne virent rien qui puisse leur permettre de forcer l'ouverture.

— Malédiction ! explosa Alex. Il faut absolument entrer avant que Jesse fasse quelque chose d'encore plus stupide que d'habitude.

Giles le prit par les épaules.

— Alex, dit-il doucement. Jesse est mort. Tu devras t'en rappeler si tu le croises. Ce n'est pas ton ami que tu verras, mais la chose qui l'a tué.

*
* *

Le Maître devenait de plus en plus puissant à chaque minute.

Tout son être semblait irradier d'énergie, de lumière, de force indomptable et de vie éternelle.

Il avança vers le mur immatériel qui le retenait prisonnier.

Il posa les mains dessus et poussa.

Lentement, la barrière commença à se désintégrer. Petit à petit... Bientôt...

— Presque libre, murmura le Maître.

Il ferma les yeux et, d'une voix qui résonna dans tout le sanctuaire, cria :

— Encore ! J'en veux encore !

*
**

Luke obéit.

Gorgé de pouvoir, il lâcha négligemment le cadavre qu'il venait de vider de son sang et regarda autour de lui, cherchant sa prochaine victime parmi les otages.

Les jeunes gens étaient terrifiés, et il s'en réjouissait. Les deux corps qui gisaient sans vie sur la scène leur avaient fait comprendre que le cauchemar était bien réel, et qu'ils ne pourraient pas y échapper. Des cris et des gémissements pitoyables s'élevaient de la foule.

Sous l'escalier, Darla faisait face à Jesse, qui tenait toujours le poignet de Cordélia et semblait décidé à ne pas la lâcher.

— Celle-ci est à moi, dit-il.

Mais Darla n'avait pas de temps à perdre avec un novice.

— Toutes les victimes sont pour le Maître, corrigea-t-elle en lui arrachant l'adolescente hébétée et en la poussant vers la scène.

— Je ne peux même pas en garder une ? protesta Jesse, déçu.

Ils ne virent pas s'ouvrir la fenêtre de la mezzanine, devant laquelle un de leurs camarades montait distraitement la garde.

Buffy se glissa à l'intérieur du club et s'immobilisa le temps d'évaluer la situation.

— Je sens que le Maître prend des forces ! clama Luke. Apportez-moi une autre victime !

La jeune fille aperçut l'étoile à trois branches dessinée sur son front.

— Le Calice, murmura-t-elle.

Cette fois, le vampire de faction l'entendit. Il pivota, la saisit à bras-le-corps et s'approcha de la rambarde pour la présenter à Luke.

Celui-ci n'avait toujours pas remarqué l'intrusion de Buffy.

— Ce soir est celui de son ascension, continua-t-il. Ce soir marquera la fin de l'histoire humaine ! Succombez en paix, car glorieux est votre sacrifice.

Il marqua une pause, son regard brûlant scrutant l'assemblée.

— Alors, pas de volontaires ?

Darla émergea de la foule, poussant Cordélia.

— Je t'ai trouvé de la chair bien fraîche, annonça-t-elle.

— Nooooon !

Cordélia se débattit en vain. Elle pleura tandis que Darla l'obligeait à monter sur scène et la tendait à Luke.

Buffy profita de cette diversion pour échapper à son adversaire. D'un geste vif, elle le projeta par-dessus la rambarde. Il atterrit sur le dos, juste devant la scène.

Un silence nerveux s'abattit sur la salle.

— Navrée, railla Buffy. On dirait que je tombe mal.

Luke leva vers elle un visage déformé par la fureur.

— Toi !

— Tu ne croyais pas que j'allais manquer ça, quand même ? lança la jeune fille sur un ton désinvolte.

Toute couleur déserta les joues de Luke et ses lèvres dessinèrent un sourire carnassier.

— Au contraire. J'espérais que tu viendrais.

CHAPITRE XXIV

Enfin, ils réussirent à ouvrir la porte.

Brandissant une barre de fer, Giles se faufila dans les coulisses du *Bronze*, Alex et Willow sur les talons.

Au même moment, dans la grande salle du club, un vampire se précipita vers Buffy. La jeune fille le ceintura et le poussa dans la fosse des snookers. Pendant qu'il tentait de se relever, elle effectua un flip arrière et atterrit sur une table de billard.

Elle se baissa pour saisir une queue abandonnée. Tandis que le monstre se précipitait, elle la lui enfonça dans le cœur. On entendit un bruit mou. Buffy lâcha son arme improvisée. Le vampire titubant un instant avant de tomber en poussière.

— Très bien, dit la jeune fille en se tournant vers Luke, une lueur de défi dans les yeux. Tu veux du sang ? Je vais t'en donner.

— C'est le tien qui m'intéresse, dit Luke. Seulement le tien.

— Dans ce cas, viens le chercher.

Saisissant sa chance, Cordélia tenta d'échapper à Luke. Celui-ci la repoussa brutalement. Buffy en profita pour lui sauter dessus et lui flanqua son poing dans la figure. Surpris par sa force, le vampire recula en poussant un grognement de douleur.

Mais il se reprit aussitôt et contre-attaqua.

Buffy esquiva et le frappa de nouveau. Cette fois, ce fut un coup de pied bien placé qui atteignit Luke à la tempe.

La jeune fille profita de la confusion du vampire pour dégainer son pieu et viser. Mais avant qu'elle puisse frapper, Luke se ressaisit et lui flanqua un coup sur la tête.

Buffy recula vers un coin de la scène. Elle était en plus mauvais état qu'elle ne voulait l'admettre. Ses doigts s'ouvrirent, et le pieu roula aux pieds de Luke.

Tandis que la foule paniquée fuyait dans toutes les directions, la porte des coulisses s'ouvrit à la volée.

Alex jaillit dans la grande salle, jeta un regard autour de lui et vit que les environs immédiats étaient heureusement dépourvus de vampires. Sans perdre de temps, il désigna la sortie aux clients terrorisés.

— Par ici ! hurla-t-il.

Giles et Willow étaient restés dans les coulisses pour guider la foule vers la sortie de secours.

Alors que commençait l'évacuation du club, Luke se rapprocha de Buffy pour l'achever.

D'un coup de pied dans la poitrine, la jeune fille le projeta contre le mur, qu'il heurta avec un bruit sourd. Leurs positions étant inversées, elle se prépara à lui porter le coup de grâce.

Alors elle repéra Alex.

Trop occupé à faire sortir les clients, le jeune homme n'avait pas remarqué le vampire qui approchait dans son dos.

Buffy se tourna vers la batterie, détacha les cymbales d'un coup de pied et les rattrapa au vol.

Le vampire saisit Alex, qui sursauta. Ses yeux s'écarquillèrent de frayeur.

Buffy arma et lança les cymbales comme un Frisbee. Le vampire tourna la tête vers elle, mais il n'eut pas le temps d'esquiver. Les disques métalliques s'enfoncèrent dans la chair de son cou.

Alex se dégagea et fit un bond sur le côté. Incrédule, il regarda la tête du vampire se détacher de son corps et rouler sur le sol.

— Encore un qui a perdu la tête pour Buffy, murmura-t-il.

Luke fondit sur son adversaire. Il referma ses bras autour d'elle et la souleva en l'étreignant à la manière d'un ours.

Alex voulut porter secours à son amie, mais un hurlement aigu l'arrêta net. Faisant volte-face, il aperçut Jesse en train de traîner Cordélia vers l'escalier. La jeune fille se débattant, le vampire la jeta à terre.

— Cesse de gigoter ! gronda-t-il. Tu ne me facilites vraiment pas les choses !

Alex s'approcha d'eux et les toisa, un pieu à la main. Il pouvait le faire, songea-t-il. C'était facile : il n'avait qu'à plonger son arme dans le dos de Jesse pour mettre un terme à cette horreur.

Au lieu de cela...

— Jesse, mon vieux, dit-il sur un ton suppliant. Ne m'oblige pas à faire ça.

Le vampire leva les yeux et lui fit une grimace qui n'avait plus rien d'humain. Il ressemblait à une créature de cauchemar.

— Te voilà, Alex...

*
* *

Buffy se débattait en vain contre l'étreinte de Luke. Son adversaire la serrait de plus en plus fort. Sa tête commençait à tourner et sa vision à s'obscurcir. Des taches noires dansaient devant ses yeux.

Elle ouvrit la bouche pour tenter d'aspirer de l'air. De très loin, elle crut entendre Luke éclater de rire.

— J'ai toujours eu envie de me faire une Tueuse, confessa-t-il, à la fois fier et amusé.

Dans le corps de Buffy, quelque chose craqua.

CHAPITRE XXV

La panique avait atteint des proportions alarmantes.
Dans les coulisses, les gens se précipitaient vers l'extérieur en se piétinant.
Giles se fraya un chemin parmi eux.
— Viens ! cria-t-il à Willow. Nous devons ouvrir aussi la porte de devant !
Remontant à contre-courant le flot des clients hystériques, le bibliothécaire tenta d'entrer dans la grande salle du club. Il eut à peine le temps de faire un pas quand Darla jaillit de nulle part et se jeta sur lui, les griffes tendues vers sa gorge.
Giles voulut utiliser son pieu, mais ses jambes se dérobèrent, et il tomba, lâchant l'arme.

*
* *

Alors que Jesse se relevait pour lui faire face, Alex recula d'un pas.
— Jesse, je sais qu'il reste un peu de toi quelque part à l'intérieur de ce monstre, insista-t-il.

Le vampire eut l'air exaspéré.

— Très bien, mettons-nous d'accord une fois pour toutes : Jesse était un minable incapable d'avoir un rendez-vous avec une fille qui n'était pas aveugle ! Mais regarde-moi : je suis un homme neuf !

Pour prouver ses dires, il empoigna Alex et le projeta contre le mur. L'adolescent s'effondra à côté de Cordélia.

— Tu vois ? L'ancien Jesse aurait essayé de te raisonner, dit le vampire. Pas moi.

*
* *

Giles ne faisait pas le poids face à Darla.

Pendant que Willow fouillait le sac de Buffy à la recherche d'une arme, le bibliothécaire continua à se battre tout en sachant qu'il allait perdre.

Darla le plaqua à terre. Il leva les yeux vers elle et vit ses crocs descendre vers son cou.

— Fiche-lui la paix ! cria Willow.

Surprise, Darla tourna la tête vers la jeune fille. Quelque chose de mouillé l'atteignit au visage, et elle réalisa — mais trop tard — qu'on venait de l'asperger d'eau bénite.

Poussant un cri, elle porta les mains à ses joues. De la fumée s'éleva entre ses doigts.

Giles la repoussa et se leva, prêt à l'affronter de nouveau. Mais Darla se dirigeait à tâtons vers la sortie, son visage devenu un masque de douleur.

*
* *

Sur scène, il semblait bien que Buffy était près de succomber.

Elle cessa de se débattre. Son corps devint mou comme celui d'une poupée de chiffons et sa tête bascula en avant sur sa poitrine.

Le vampire la regarda en souriant. Une joie sauvage, mêlée de soulagement, s'empara de lui, et il marmonna son humble prière.

— Goûtez son sang, Maître, et libérez-vous.

Il retroussa les babines, découvrant ses crocs, puis baissa la tête vers le cou de sa victime.

Buffy le frappa si fort qu'il mit un moment à réaliser ce qui se passait. Le crâne de la jeune fille entra violemment en contact avec le menton du vampire. Cet impact inattendu faillit le faire tomber à la renverse.

— Alors, j'ai bon goût ? lança-t-elle sur un ton de défi.

Malgré son ironie, elle était encore très faible. Elle réussit à attraper le pied des cymbales et le brandit devant elle comme une arme, tout en balayant les environs du regard.

Un plan. Il lui fallait un plan.

Alors elle remarqua la fenêtre surplombant la scène. Elle ne l'avait jamais vue jusque-là, parce que quelqu'un l'avait peinte en noir.

Buffy baissa les yeux vers Luke en dissimulant un sourire.

*
**

Jesse se pencha pour ceinturer Alex et le projeter une nouvelle fois contre le mur. Il en avait assez qu'on l'interrompe sans cesse pour lui rappeler un passé qui ne signifiait plus rien.

Il dévisagea la proie qui avait été son ami.

— J'en ai marre de t'avoir dans les pattes ! grogna-t-il. Cordélia vivra pour toujours. Mais toi, tu vas mourir.

Rassemblant tout son courage, Alex leva son pieu vers la poitrine de Jesse et se mordit les lèvres d'un air résolu. Mais le vampire vit qu'il était effrayé.

Il ne put s'empêcher de l'humilier.

— C'est ça, vas-y ! Délivre-moi de cette existence maudite ! Je parie que tu n'en auras pas le...

Les mots restèrent coincés dans sa gorge. Sentant une douleur aiguë dans son estomac, il baissa les yeux.

Une adolescente paniquée venait de passer derrière lui. En courant, elle l'avait bousculé, et il était venu s'empaler de lui-même sur l'arme d'Alex.

Jesse ouvrit la bouche, mais aucun son n'en sortit. Il tendit une main vers le jeune homme...

Alex regarda la créature qui avait autrefois été son ami se désintégrer, ne laissant sur le sol qu'un petit tas de poussière.

Il n'eut pas le temps de se ressaisir car deux autres vampires se jetaient sur lui.

*
* *

Buffy brandit le pied des cymbales pour empêcher Luke d'approcher.

Mais celui-ci esquiva sans difficulté et lui fit une grimace moqueuse.

— Tu oublies que le métal ne peut pas me blesser, ricana-t-il.

Buffy ne broncha pas.

— Toi aussi, tu oublies une chose...

Elle vit le vampire se figer, le doute passant sur son visage.

— Le lever du soleil, acheva-t-elle.

Elle projeta le pied des cymbales vers la fenêtre qui surplombait la scène.

Une pluie d'éclats de verre tomba autour d'elle tandis qu'une pâle lumière pénétrait dans la grande salle. Luke poussa un cri d'agonie et leva les bras pour se protéger.

Puis il s'immobilisa et jeta un coup d'œil craintif entre ses doigts.

Rapide comme l'éclair, Buffy ramassa son pieu et l'enfonça dans la poitrine du vampire. Celui-ci s'arc-bouta, en proie à une intolérable douleur.

— C'est dans un peu plus de neuf heures, crétin ! railla la jeune fille.

Alors, Luke réalisa que la lumière qui lui avait fait perdre la tête n'était pas celle du soleil, mais des réverbères de l'avenue.

Avec un hoquet de surprise, il tomba à genoux.

Il sentit ses forces le quitter.

Avec elles s'en allaient celles du Maître.

C'était comme s'ils ne faisaient plus qu'un : Luke prostré sur la scène, le Maître prostré dans son antre tandis que l'énergie coulait hors d'eux. Luke partagea les souffrances et l'angoisse de son Maître, et celui-ci vécut les siennes juste avant qu'il ne tombe en poussière.

Durant ses dernières secondes, Luke vit mourir des siècles d'espoir et d'attente. Les derniers vestiges du pouvoir dont le Maître était investi grâce à lui s'évanouirent ; il tendit une main pour appeler une aide qui ne viendrait pas.

De très loin, Luke entendit un cri désespéré.

— Non...

Le Maître effleura le mur qui le retenait prisonnier ; il était redevenu trop solide pour qu'il s'échappe.

A travers un brouillard de douleur, Luke leva les yeux et vit Buffy qui le toisait, haletante.

Puis les ténèbres se refermèrent sur lui pour la dernière fois.

CHAPITRE XXVI

Alex luttait férocement contre les vampires.

Puis il remarqua que les deux créatures qui le tenaient se laissaient distraire par quelque chose. Les yeux plissés, elles tournèrent la tête vers la scène.

Elles virent Buffy contempler l'endroit où se tenait Luke cinq secondes plus tôt, et frémirent lorsque la jeune fille se tourna vers elles d'un air menaçant.

Elles la dévisagèrent une seconde.

Puis, sans un mot, elles lâchèrent Alex et se ruèrent vers la sortie.

Le jeune homme tomba. Il était en train de se relever quand Giles et Willow émergèrent des coulisses. Buffy et lui les rejoignirent au centre de la piste de danse.

Le bibliothécaire regarda autour de lui, du soulagement dans la voix.

— Je suppose que c'est fini.

— On a gagné ? s'enquit Alex, craignant presque d'entendre la réponse.

Ils observèrent le carnage qui les entourait.

La plupart des clients avaient réussi à fuir, mais certains étaient encore là, assis dans les fauteuils ou errant comme des âmes en peine. La terreur se lisait sur leur visage, et aucun d'eux n'osait prononcer un mot.

— On a quand même évité l'apocalypse, soupira Buffy. Ça doit nous faire pas mal de bons points.

Elle aperçut Cordélia qui gisait toujours sur le sol, là où Jesse l'avait laissée. Pour une fois, l'arrogante jeune fille ne trouvait rien à dire.

— Une chose est sûre, soupira Alex : rien ne sera plus jamais pareil.

*
* *

Dehors, les vampires paniqués couraient en tous sens. Alors que les derniers s'enfonçaient dans les ténèbres, Angel sortit de l'ombre et les suivit du regard jusqu'à ce qu'ils aient disparu.

Puis il se tourna vers l'entrée du club.

Un sourire se dessina sur ses lèvres.

— Elle a réussi, murmura-t-il. Que je sois damné...

CHAPITRE XXVII

Contrairement à la prédiction d'Alex, le lendemain ressembla en tous points aux jours qui l'avaient précédé.

Le soleil de Californie baignait le campus comme à son habitude, et le ballet des étudiants avait toujours lieu autour de la grande fontaine, dans la cour centrale.

De petits groupes passaient en discutant ou en riant ; Cordélia tenait sa cour au milieu d'une nuée d'admirateurs des deux sexes.

— J'ai entendu dire que c'était une guerre entre gangs rivaux, expliqua la jeune fille en prenant un air important.

Elle regarda les visages avides de ses fans, qui ne perdaient pas un mot de ce récit.

— Le plus bizarre, c'est que Buffy avait l'air de bien les connaître. Mes souvenirs ne sont pas très précis, mais croyez-moi, c'était à mourir de frayeur !

— Si seulement j'avais été là..., soupira une adolescente, jalouse.

Buffy et ses amis, qui traversaient la cour à ce moment, assistèrent à la scène.

Buffy se contenta de sourire, mais Alex leva les yeux au ciel, l'air exaspéré.

— A quoi t'attendais-tu ? s'enquit Buffy, amusée.

— Tu ne vois pas que tout le monde se conduit comme s'il ne s'était rien passé ? s'exclama Alex, frémissant d'indignation. Les morts se sont relevés, et Sunnydale s'en lave les mains !

— Les gens ont tendance à rationaliser ce qu'ils ne comprennent pas, expliqua Giles d'une voix apaisante, en rejoignant les jeunes gens devant la bibliothèque. Ou à l'oublier.

Buffy hocha la tête.

— Crois-moi, c'est beaucoup mieux ainsi.

— Moi, en tout cas, je ne risque pas d'oublier, dit Alex.

Il réprima un frisson.

— Parfait, approuva Giles. Comme ça, la prochaine fois, tu seras préparé.

— La prochaine fois ? s'étrangla Alex.

Le bibliothécaire eut un gentil sourire.

— Nous avons empêché le Maître de se libérer et d'ouvrir la bouche de l'enfer, mais ça ne veut pas dire qu'il cessera d'espérer. Il a toute l'éternité devant lui. A mon avis, hier, ce n'était que le début.

— Encore des vampires ? croassa Willow, toute pâle.

— Pas seulement, objecta Giles, solennel. Nos prochains adversaires seront peut-être des créatures très différentes.

Buffy leva les yeux au ciel.

— J'ai du mal à cacher mon impatience...

— Souvenez-vous que nous nous trouvons à un point de convergence des forces surnaturelles, leur rappela Giles. Nous sommes tout ce qui se dresse entre la race humaine et ceux qui veulent la détruire.

Alex secoua la tête.

— Buffy, ça ne me plaît pas beaucoup.

— Regarde le bon côté des choses, lâcha la jeune fille. Avec un peu de chance, je ne tarderai pas à me faire renvoyer une nouvelle fois.

Elle sourit à Giles et s'éloigna, Alex et Willow sur les talons.

— C'est pas bête du tout ! s'exclama le jeune homme. Je parie qu'il y a des tas de lycées qui ne se trouvent pas sur une entrée de l'enfer.

— Tu pourrais peut-être faire sauter un bâtiment, suggéra Willow, pleine de bonne volonté. Ils sont assez stricts sur ce chapitre.

Buffy haussa les épaules.

— Je songeais à quelque chose de moins radical, comme une grève totale de travail...

Giles les suivit du regard.

Rajustant ses lunettes sur son nez, il secoua la tête.

— La race humaine est perdue, soupira-t-il.

LE GUIDE OFFICIEL

**Du jamais vu. Des interviews exclusives.
Des informations inédites.
La bible officielle de la série à succès.**

Grand format 119 FF.
Disponible dès novembre 1999

Si vous souhaitez avoir plus d'informations sur votre série préférée,
vous pouvez contacter le fan club français de Buffy :

**La guilde de Buffy
7, rue des Ardennes
75019 Paris
Tel. 01 47 70 14 65
E-Mail : planetblue@francemel.com**

TOUT Buffy EST AU FLEUVE NOIR

(septembre 1999) (octobre 1999)

Liste des titres à paraître :

7. Les chroniques d'Angel 2 (janvier 2000)
8. La chasse sauvage (mars 2000)
9. Les métamorphoses d'Alex (mai 2000)
10. Retour au chaos (juin 2000)
11. Danse de mort (septembre 2000)
12. Loin de Sunnydale (novembre 2000)

Buffy CONTRE LES VAMPIRES

*Achevé d'imprimer en décembre 1999
par Brodard et Taupin
La Flèche*

FLEUVE NOIR – 12, avenue d'Italie
75627 PARIS – CEDEX 13.
Tél. 01.44.16.05.00

Dépôt légal : mai 1999
N° d'impression : 1240X
Imprimé en France